COMME UN SOUFFLE

FERZAN OZPETEK

COMME UN SOUFFLE

Traduit de l'italien
par Elsa Damien

Michel LAFON

Ce livre est imprimé en France par
un imprimeur soucieux de préserver l'environnement
à travers des actions d'économies d'énergie, de valorisation
des déchets, d'utilisation de produits moins nocifs
pour la santé des travailleurs.

Titre original :
Come un respiro

118, avenue Achille-Peretti – CS 70024
92521 Neuilly-sur-Seine Cedex
www.michel-lafon.com

Ce livre a été traduit grâce à une aide du ministère italien
des Affaires étrangères et de la Coopération internationale.

Questo libro è stato tradotto grazie a un contributo del Ministero
degli Affari Esteri e della Cooperazione Internazionale italiano.

À Valter
À Asaf

Je t'aime et tu ne peux imaginer
Combien cela me brise le cœur
Que je ne puisse rien de plus

Poète anonyme turc

Les amours impossibles ne finissent jamais.

Le premier qui l'a dit

Kaş, le 20 juin 2019

Chère Adele,

Je t'écris de la terrasse d'un café qui donne sur le port de Kaş. Je resterai ici encore une semaine. Trop de temps s'est écoulé depuis ma dernière lettre, quand je te racontais mes nombreuses aventures et tous les plaisirs que me procurait la nouvelle vie que j'avais choisie, loin de chez moi. Depuis, d'autres événements se sont produits, certains ayant laissé sur moi leurs traces. J'ai perdu un peu de mon enthousiasme en route, mais il paraît que c'est physiologique : je suis à présent une femme « d'âge mûr ». Et il doit en être de même pour toi, bien que je peine à l'imaginer.

Cette dernière année m'a beaucoup éprouvée, y compris physiquement. J'ai presque du mal à me reconnaître. Vivre me consume. Je me regarde dans le miroir et m'y découvre défigurée. J'ai connu beaucoup de joies, mais aussi bien des douleurs, et la dernière est chaque fois la plus pénible. Il y a un mois, ce fut la disparition de mon très cher ami Dario. Il ne vivait plus en

Turquie, mais nous étions restés en contact et nous téléphonions presque chaque semaine. Nous avions décidé de nous revoir justement ici, à Kaş, lors de ces premières journées d'été. Mais la mort était pressée, et elle l'a emporté sans nous laisser le temps d'un adieu. Je le pleure comme je n'ai peut-être jamais pleuré quiconque, même par amour. Je repense à son optimisme, à son ironie irrésistible, et à l'honnêteté avec laquelle il savait me parler droit au cœur.

Aujourd'hui est une splendide journée de soleil, et pourtant je reste assise à l'ombre, en compagnie des fantômes du passé, tandis qu'une angoisse que je ne peux décrire me coupe le peu de souffle qui me reste. Si la vie était plus juste, en ce moment Dario serait assis près de moi en train de siroter un café turc, une cigarette se consumant entre ses doigts. Or, je suis seule à notre rendez-vous. Je sais que venir ici quand même était absurde, mais j'ai pensé qu'au fond je le lui devais. Nous avions tant parlé de ce voyage : l'annuler aurait été une trahison. Pourtant, maintenant, je ne sais plus si j'ai vraiment bien fait de suivre mon cœur. Être ainsi confrontée à son absence est une douleur intolérable. Même la mer, si bleue et si lumineuse, me blesse. Et je me répète ce poème de Nazim Hikmet : « Les jours raccourcissent, les pluies vont commencer. Je t'ai attendu, la porte grande ouverte. Pourquoi as-tu tellement tardé ? »

Ces vers ne font qu'accroître ma tristesse. Et me voilà, fragile et inconsolable.

La douleur rouvre de vieilles blessures et m'oblige à repenser à tout ce que j'ai perdu. À repenser à toi. C'est pourquoi, après un long silence, je t'écris.

Où en étions-nous restées ? Que sommes-nous devenues ?

Cinquante ans ont passé depuis que nos chemins se sont séparés. Évidemment, nous ne savions pas alors que ce jour-là serait le dernier pour nous, et que nous ne nous reverrions jamais plus. Crois-le ou non, à l'époque, quitter l'Italie ne fut pas du tout un renoncement pour moi. Ce fut un choix de vie, qui m'a permis de renaître. J'espère que, pour toi, rester fut tout aussi essentiel. Grâce à cette décision, j'ai de nouveau aimé, trahi, ri aux éclats, souffert aussi. Et toi ? Comment as-tu vécu, pendant toutes ces années ? Pas un jour ne s'est écoulé sans que je me le demande.

Maintenant qu'aucun motif ne me retient plus loin de là où tout a commencé, j'aimerais te revoir. Il ne me reste pas beaucoup de temps. Pour le moment, mon état de santé est stationnaire, mais je sais qu'il ne tardera pas à se détériorer, et c'est pour cela que j'ai décidé de me remettre en route, avant qu'il ne soit trop tard. Dans quelques jours, j'arriverai à Rome. Ce sera comme un voyage dans le passé, qui me remplit à la fois de joie et de crainte. J'ai appris, à mes dépens, à ne pas me faire d'illusions, mais je mentirais si je niais que j'ai le cœur plein d'espoir.

J'arriverai à Fiumicino à la fin du mois, et mon plus grand désir est de te revoir une dernière fois. Je n'ai pas d'autre moyen de prendre contact avec toi : je m'en remets donc entièrement à cette lettre. Je ne m'attends pas à ce que tu me répondes, mais j'espère que cette fois, au moins, tu la liras.

Le 28, je frapperai à ta porte. Nous pourrons discuter, mais ce n'est pas indispensable. Une simple étreinte pourrait suffire, si le temps, comme je l'espère, a guéri toutes nos blessures.

Ton Elsa

Le rôti est presque prêt. Il sent délicieusement bon. Le gratin de légumes aussi dégage une odeur appétissante. La grosse horloge accrochée près du réfrigérateur marque onze heures et demie. Dans une heure, les invités – si on peut appeler ainsi les amis de toujours – arriveront : Giulio et Elena, ainsi qu'Annamaria et Leonardo, qui vont bientôt avoir un enfant. Se tournant vers le frigo, Sergio jette un œil en passant sur sa propre image qui se reflète dans la fenêtre de la cuisine et, un instant, il s'en réjouit. Il est bel homme et il le sait. Brun, cheveux frisés, yeux noisette, front large, lèvres sensuelles, à trente-quatre ans il a un corps sec et musclé, sans l'exagération des esclaves de la salle de sport.

Derrière lui, Giovanna s'affaire avec efficacité autour de la grande table de la cuisine. Ils sont mariés depuis deux ans mais ensemble depuis douze, et Sergio la connaît tellement bien qu'il peut deviner ce qu'elle fait, les yeux fermés. Mais en est-il vraiment ainsi ? Douze années suffisent-elles pour se connaître vraiment ? Il se retourne. Giovanna, en jogging, met la table pour six personnes, avec la concentration d'un architecte qui réaliserait les fondations d'un immeuble, son regard bleu perdu dans ses pensées. Cheveux blonds et courts un peu ébouriffés, elle ressemble toujours à la jeune fille qu'il avait abordée au bar de l'université, alors qu'ils ont pratiquement le même âge. Comme leurs amis, ils appartiennent à cette génération qui a tout juste dépassé la trentaine. Sergio sourit intérieurement : il peut lire en son épouse comme dans un livre ouvert. Solide, précise, efficace et fiable. S'il y a une chose dont elle n'est pas dotée, c'est d'imprévisibilité. Et c'est pour ça qu'il l'aime.

Solide comme cet appartement de Testaccio, au cinquième étage d'un charmant immeuble du début du XXe siècle, qu'ils ont acheté il y a moins de deux ans, mais où ils ont l'impression de vivre depuis toujours, tant il reflète exactement leurs goûts. Vaste et lumineux, il se compose d'un côté nuit, avec chambre, dressing et salle de bains, et d'un côté jour, avec salon et bureau attenant et, surtout, une accueillante cuisine où ils peuvent recevoir leurs amis à déjeuner le dimanche, une coutume née il y a des années et qui, avec le temps, est devenue un rituel incontournable.

Sergio aime cuisiner pour ses amis. Pendant la semaine, entre le tribunal et son cabinet d'avocats, il ne fait que courir. Il est spécialisé en droit des sociétés, il traite avec des clients richissimes, dans des procès où l'on brasse des millions. Certes, il gagne bien sa vie, mais c'est un travail stressant. Faire à manger est sa façon de se détendre. Fin gourmet, il s'amuse à expérimenter de nouvelles recettes dans sa vaste cuisine pleine d'accessoires en tout genre, de bocaux, d'épices et de plantes aromatiques en pot. C'est là que Giovanna et lui accueillent leurs invités à déjeuner, assis autour de la grande table en bois patiné par l'usage, placée exactement au milieu de la pièce. Parce que c'est celle qu'ils aiment le plus. Celle où chaque meuble, chaque objet et chaque élément de décoration a été choisi avec un soin particulier.

Giovanna n'aime pas les nappes, elle préfère mettre la table directement sur le bois. Après avoir disposé assiettes et couverts, elle apporte les verres. Elle les installe, puis fait un pas en arrière et observe l'effet d'ensemble d'un œil critique, comme un artiste jugeant son tableau une fois le travail achevé. Sergio l'observe du coin de l'œil. C'est une perfectionniste, quoi qu'elle fasse. À présent, Giovanna sort du réfrigérateur des fleurs de courges, qu'elle mêle à un bouquet de piments avant d'ajouter deux mini-aubergines. Elle prend dans un placard une coupe en céramique blanche et, satisfaite, y dispose sa composition : cela fera un centre de table parfait.

– Bon sang, il est presque midi et je n'ai pas encore pris ma douche ! s'exclame-t-elle en regardant l'horloge accrochée au mur de la cuisine.

– Vas-y, ne t'en fais pas : je m'occupe du reste. De toute façon c'est cuit, la rassure Sergio en éteignant le four.

– Le pain est dans le sachet blanc, dans le garde-manger…

– Vas-y, vas-y, autrement ils vont te trouver encore en jogging !

Confrontée à cette effrayante éventualité – être surprise en désordre par ses invités, quelle horreur –, Giovanna se dirige rapidement vers la salle de bains. Pendant ce temps, Sergio ouvre le garde-manger et trouve aussitôt ce qu'il cherche : une grosse miche de pain frais. Il n'en tranchera que la moitié : le reste, il le laissera sur la planche et le découpera au fur et à mesure.

Un bruit d'eau à peine perceptible lui indique que sa femme est sous la douche. C'est à cet instant précis que quelqu'un appuie sur la sonnette près de la porte d'entrée de l'appartement, qui s'ouvre directement sur la cuisine. Ça doit être Leonardo et Annamaria, ces deux-là ont le chic pour arriver toujours trop tôt, pense Sergio. Ils ont sans doute trouvé la porte de l'immeuble ouverte.

– Vous êtes toujours en avance, put…

Il s'interrompt, gêné. Il a ouvert la porte d'un geste impétueux, sans regarder qui sonnait, certain de se retrouver devant un couple d'amis. Or, voilà sur le palier une femme qui doit avoir plus de soixante-dix ans, un peu empâtée par l'âge. Ses cheveux teints en blond effleurent ses épaules, laissant entrevoir de précieuses boucles d'oreilles anciennes. Elle porte une robe de lin bleu pétrole d'excellente facture, qui enveloppe sa silhouette douce sans trop la souligner. Elle a un collier d'ambre autour du cou et ses mains serrent un élégant sac brodé. Son visage est sillonné d'un dense réseau de rides, mais Sergio n'y prête quasiment pas attention, tant il est captivé par ses yeux verts, magnétiques, soulignés d'une ligne un peu hésitante de kajal.

Sergio l'observe, entre stupéfaction et fascination. Qui peut bien être cette femme ? Ce qui est sûr, c'est qu'il ne l'a jamais vue auparavant. Elle aussi le dévisage avec une expression de surprise. En fait, plus qu'étonnée, elle semble secouée, comme si elle s'était attendue à trouver quelqu'un d'autre devant elle. Puis elle jette un regard oblique vers la plaque à côté de la porte, comme pour vérifier : mais il n'y a rien d'écrit. Sergio et Giovanna n'ont pas encore trouvé le temps – ou peut-être l'envie – d'y inscrire leurs noms, une négligence dont, brusquement, le jeune homme se sent coupable.

Avant qu'il puisse lui demander ce qu'elle cherche, l'inconnue, qui entre-temps semble s'être remise de sa stupeur, s'adresse à lui avec un sourire désarmant, tout en le fixant droit dans les yeux d'un air innocent :

– Pardonnez-moi si je vous dérange. Oh là là, se présenter ainsi, un dimanche matin, ça ne se fait pas... Non, ça ne se fait pas !

Sergio est tellement étonné qu'aucune réplique sensée ne lui vient à l'esprit. Mais ce n'est pas nécessaire, parce qu'à ce moment-là, elle se présente :

– Je m'appelle Elsa Corti et, il y a de longues années de cela, j'ai habité dans cet appartement.

Elle lui tend la main et saisit la sienne comme si elle ne voulait plus la lâcher. Elle porte à l'auriculaire une bague en or avec un sceau. En même temps, elle tente de jeter des regards derrière le maître de maison, qui ne trouve rien de mieux à faire que de se présenter à son tour, déclinant nom et prénom, et d'acquiescer d'un air compréhensif, comme si cette femme lui avait avoué avoir commis une grave faute.

– Vous croyez au destin ? lui demande-t-elle d'un air plein d'espoir.

Devant une question aussi directe, Sergio sursaute. Dans sa jeunesse, cette femme a dû être d'une grande beauté, se surprend-il à penser.

– Quand j'ai vu la porte de l'immeuble ouverte, ça a été comme si cet appartement m'appelait, continue Elsa. J'ai été loin de Rome pendant tellement longtemps… Cela faisait cinquante ans que je n'étais pas passée par cette rue. Ce matin, je suis sortie très tôt pour faire quelques pas. Je pensais aller vers le Colisée, mais mes jambes m'ont amenée jusqu'ici, là où tout a commencé. Je regardais autour de moi, chaque chose me semblait à la fois différente et pourtant étrangement identique, et puis je me suis retrouvée devant la porte de l'immeuble, et c'était comme si je n'étais jamais partie. Et un très fort désir nostalgique m'est venu de revoir l'appartement. Mais je vous dérange, excusez-moi ! Je ne sais vraiment pas où j'ai la tête, aujourd'hui.

– Mais non, pas du tout, je comprends… bredouille Sergio, mal à l'aise. Je comprends…

Il ne sait que dire devant ce flot de paroles inattendu. Elsa recommence à s'excuser pour le dérangement, tout en continuant à jeter des regards avides vers l'appartement, comme s'il recelait quelque chose de tout à fait vital pour elle. Puis elle s'arrête net et fait mine de partir.

– Alors, merci et au revoir. Si ça ne vous ennuie pas, je reviendrai peut-être une autre fois… dit-elle en reculant à contre-cœur.

Dans une situation différente, Sergio saisirait au vol cette occasion de se débarrasser d'une visite importune qui le détourne de sa routine dominicale et des préparatifs du déjeuner. Même s'il n'est pas aussi inflexible que Giovanna, qui est capable de se libérer de n'importe quel raseur en un éclair, d'une simple inflexion de voix, en adoptant un ton n'admettant aucune réplique, il n'aime guère être impliqué dans les affaires des autres. Cependant, cette femme l'a troublé. Une étrange curiosité l'incite à la retenir.

– Si vous voulez jeter un œil à l'appartement… mais je n'ai pas beaucoup de temps à vous consacrer : j'attends des invités à déjeuner.

– Comme vous êtes gentil !

Le visage de l'inconnue s'est à nouveau éclairé d'un sourire radieux.

– Ne vous inquiétez pas, cela ne me prendra qu'une minute, le temps de faire le tour.

Sur ce, elle entre dans la cuisine et s'arrête au milieu de la pièce.

– Vous ne pouvez pas savoir toutes les émotions que j'ai éprouvées ici. Mais on dirait un autre appartement. Là, il y avait un mur. Et là, le garde-manger. La cuisinière, évidemment, était... à l'ancienne, murmure-t-elle tout en fixant, comme hypnotisée, un point devant elle, de l'autre côté de la fenêtre.

À ce moment-là, Giovanna les rejoint. Elle s'est habillée, mais a encore les cheveux mouillés. Elle a entendu une voix qui ne lui est pas familière : que se passe-t-il ?

Surprise, elle regarde l'étrangère sans parvenir à réprimer une expression de contrariété, tandis que Sergio cherche à anticiper toute question de sa part :

– Cette dame est... Elsa Corti.

L'intruse sourit à Giovanna et, l'espace d'un instant, ses boucles d'oreilles scintillent.

– Votre mari a eu la grande gentillesse de me laisser entrer. Je souhaite simplement revoir l'appartement où j'ai vécu autrefois, et après je vous laisse tranquilles, se justifie-t-elle en jetant un regard complice vers Sergio.

On dirait une écolière devant la maîtresse qui l'a surprise en train de commettre quelque bêtise.

Le regard de Giovanna reste perplexe : qui est cette femme ?

– Je lui ai dit que nous avions des invités à déjeuner, se hâte d'ajouter Sergio.

Mais Giovanna l'écoute à peine, car son attention est maintenant entièrement concentrée sur l'inconnue : malgré son âge, il émane d'elle une immense énergie. Et puis, Giovanna est subjuguée par sa tenue tout à fait audacieuse du point de vue chromatique, mêlant tonalités froides et chaudes, le bleu pétrole de la robe et l'ambre du collier. Elle, qui est fidèle jusqu'à l'ennui au noir et au beige, se sent, l'espace d'une seconde, infiniment plus vieille. Oui, Elsa a une grâce particulière. Avant même de le réaliser, Giovanna a déjà abandonné ses réserves. Elle lui sourit en retour. Tout à coup, elle éprouve une empathie particulière pour cette étrangère qui dit avoir vécu dans son appartement.

– Ainsi, vous habitiez ici, autrefois ? lui demande-t-elle, tout en échangeant un signe avec son mari : ils ont encore quelques minutes pour l'écouter.

En effet, plus qu'intrigués, ils sont à présent tous deux fascinés par cette intruse. Toutefois, Elsa se contente d'un vague mouvement d'assentiment. Elle s'approche de la fenêtre, le regard fixe, comme si elle revivait un souvenir.

Toujours plus curieux, le couple ne renonce pas et continue à la presser.

– Vous habitiez seule ? demande Sergio.

– Vous avez passé votre enfance ici ? lui fait écho Giovanna.

Mais l'esprit de la femme semble ailleurs. Elle se contente de répondre par monosyllabes et de marmonner quelques paroles incompréhensibles : « Non. Pourquoi ?.... Peut-être… »

– Vous étiez invitée par la dame qui habitait ici avant nous ? Vous êtes de la famille ? murmure Sergio en s'adressant presque davantage à Giovanna qu'à Elsa qui, pourtant, réagit avec une rapidité étonnante, sortant brusquement de sa torpeur :

– Où est-elle ? demande-t-elle.

– Qui ça, elle ? fait Sergio.

– Vous voulez dire, la propriétaire précédente ? suggère Giovanna.

– Oui, c'est ça. Ma sœur.

– Elle n'habite plus ici depuis deux ans environ, intervient Sergio, perplexe.

Giovanna est troublée. Maintenant, elle ressent une tendresse inexplicable pour cette femme.

– Vous ne le saviez pas ? Vous n'êtes pas restées en contact ?

– Non, malheureusement non. Mais c'est une longue histoire…

À présent, Elsa les regarde, contrite : on dirait qu'elle vient à peine de prendre conscience de la réalité.

Giovanna se souvient bien de la femme qui leur a vendu l'appartement. Elle s'appelle Adele Conforti, elle a vécu là toute sa vie avec sa famille, et puis la mort de son mari l'a poussée à se débarrasser de l'appartement, trop grand pour une personne seule. Elle avait aussi expliqué qu'elle voulait se rapprocher de son fils unique. C'est très bizarre : Elsa ne ressemble pas du tout à Adele Conforti.

– Je pensais qu'elle habitait encore ici… j'espérais la voir, ajoute-t-elle dans un filet de voix.

– Alors, vous la cherchez ? Vous ne vouliez pas juste voir l'appartement !

– Oui, c'est ça.

– Et vous ne saviez pas qu'elle avait vendu l'appartement et qu'elle était partie…

– Non, je ne le savais pas.

Sortant peu à peu de sa réserve, Elsa révèle qu'elle n'a pas de nouvelles de sa sœur depuis cinquante ans. En même temps, et sans se soucier de demander la permission, elle circule à travers les pièces, l'air égaré et pourtant étrangement sûre d'elle. Un peu comme si elle n'avait jamais cessé d'habiter cet appartement. Talonnée par Giovanna et Sergio, un peu désorientés, elle se faufile dans leur chambre, passe la tête dans la salle de bains, ouvre la porte du bureau. Tout en ne cessant de dire combien elle est désolée de les déranger.

– Maintenant, je file. Je vous laisse tranquilles. Il se fait tard, il faut vraiment que j'y aille, répète-t-elle comme un automate.

De retour à la cuisine, alors qu'elle fixe à nouveau la fenêtre, elle demande :

– Vous n'avez pas revu ma sœur ?

– Pas récemment : la dernière fois que nous l'avons rencontrée, c'était chez le notaire, pour la signature de l'acte de vente. Mais ensuite, nous l'avons contactée de temps en temps par téléphone. Du courrier était arrivé à son nom, alors je le lui ai mis de côté et l'ai avertie pour qu'elle envoie quelqu'un le chercher, explique Giovanna, qui se targue d'être une personne efficace et précise.

– Mais vous savez où elle vit ?

– À l'extérieur de Rome, à la campagne, dans un village. De toute façon, comme je vous le disais, nous avons son numéro de téléphone, répète Giovanna.

Cette femme que la vie a éloignée de sa famille pendant tellement de temps suscite en Giovanna un sentiment qui tient à la fois de la sympathie et de la compassion. Elle ne peut s'empêcher d'essayer de se mettre à sa place, bien que ce ne soit pas évident. Cela doit être déchirant de revenir chez soi après cinquante ans – soit bien plus d'années qu'elle-même en a vécu – et de découvrir que tout a changé. De découvrir que sa maison est occupée par deux étrangers, et qu'il n'y a plus trace de ses êtres chers. Qui sait avec quelle angoisse et quelles attentes Elsa a appuyé sur leur sonnette, tout à l'heure ! Et combien de fois avait-elle dû imaginer ce moment ! Et puis la porte s'est ouverte, et Sergio est apparu. Un inconnu. À cet instant, elle avait dû croire que sa sœur était morte.

– Alors, pouvez-vous me donner son numéro ?

Elsa a à peine le temps de formuler cette question qu'on sonne à l'interphone.

Istanbul, le 23 octobre 1969

Chère Adele,

Tu ne peux pas imaginer combien de fois j'ai voulu te donner de mes nouvelles, mais quelque chose m'a toujours retenue. La douleur, je crois. Douleur. Un mot qui dit tout mais n'explique rien. Tu as déjà remarqué que « dolore » contient le terme « dolo[1] *» ? Il y a de l'ambiguïté dans la souffrance. Et toi seule peux savoir jusqu'où elle peut mener. Quand tu aimes vraiment, tu dois être prête à tout. À la foudre et à la tempête. À la pluie et à la sécheresse. Tu ne peux pas savoir jusqu'où te poussera ce sentiment qui te consume. Tu n'arrives même pas à distinguer le bonheur du désespoir parce que, en amour, l'un est souvent la cause de l'autre.*

Mais à présent, je ne veux plus penser au passé. Pour moi, partir a été comme gravir la plus haute des montagnes : maintenant que je suis arrivée au sommet, tout

1. *« Dolo »* : en italien, volonté consciente de violer la loi, préméditation, ou bien fraude, tromperie (NdT).

me paraît minuscule et insignifiant, et l'horizon s'ouvre devant moi, rempli de possibilités. Toi aussi, tu devrais essayer. La douleur demeure, mais elle se tapit au fond de l'âme, et toi, tu te sens envahie d'une étrange sensation de défi. C'est ce que je ressens, ces jours-ci. J'ai désormais perdu mon innocence, et je me bats tous les jours pour devenir quelqu'un de plus courageux, rusé et, s'il le faut, féroce. Je suis prête à jouir du présent et à recommencer une nouvelle existence en parlant une langue étrangère, entourée d'inconnus.

Ce n'est pas facile, je te l'avoue. Parfois, la volonté m'abandonne, et alors le désespoir me gagne. Je repense à tout ce que j'ai perdu – et à tout ce que nous avons perdu – et je me laisse aller, littéralement. Je m'allonge sur mon lit, et tout ce que je voudrais, c'est mourir. Mais ensuite, je rassemble mes forces. Et je me remets à espérer. Pas en un avenir meilleur mais, au moins, différent. Je refoule mes larmes et je m'oblige à sourire. Ça marche : je découvre que la manière la plus efficace de garder la tête hors de l'eau est de m'obliger à l'insouciance. Alors prépare-toi à une lettre pleine de badinages, de futilités et de commérages.

Autrefois, il n'y avait qu'une personne capable d'écouter mes histoires. Toi. Je te revois, enfant, quand nous passions des heures à rêvasser dans le jardin, tu te souviens ? Et maintenant que j'aurais mille choses à te raconter, je ne sais par où commencer.

Pour ne pas me perdre en route, je vais débuter par là où je me trouve.

Cela fait maintenant près de deux mois que je suis à Istanbul. Tandis que je t'écris, j'entends l'appel des mouettes qui voltigent devant ma fenêtre. Si je me penche, je les vois passer à ras des eaux scintillantes de la mer de Marmara, et puis s'élever au-dessus des toits d'une métropole infinie. De la rue montent, étouffés, les bruits de la vie qui passe, les cris des vendeurs ambulants et les klaxons des voitures de passage. Le soleil se couche : le ciel est comme une cape de velours aux couleurs changeantes.

Tu imagines ça ? Istanbul ! Même dans les rêves les plus fous de notre enfance, je n'aurais jamais pensé que la vie m'aurait conduite dans un endroit aussi lointain, infiniment plus vaste que la petite ville où nous avons grandi. Je croyais trouver une cité exotique et inhospitalière, mais j'ai été amenée à changer d'avis. Istanbul m'a accueillie avec générosité et m'a choyée, me faisant me sentir chez moi. L'âme sensuelle de cette ville magique et puissante m'a déjà séduite.

Si je me tourne vers le passé, j'ai du mal à me reconnaître dans cette jeune fille éplorée qui un matin, à l'aube, a quitté Viterbe sans saluer personne, plutôt que de devoir donner des explications. Ce n'était pas la première fois que je quittais la maison de cette façon, mais je savais que ce serait différent. Cette fois, ce serait pour toujours. Je me suis dirigée à pied vers la gare et suis montée dans le premier train pour le Nord. Arrivée à Milan, j'ai poursuivi le voyage vers Venise. Là, je suis allée à la billetterie et ai demandé quel train allait le plus loin. « À vingt-trois heures, l'Orient-Express part de la voie numéro 9, terminus Istanbul, en Turquie. Ça vous paraît assez loin ? », m'a demandé le guichetier d'un air soupçonneux. À ses yeux, je devais avoir l'air d'une fugitive. Une criminelle qui projette d'abandonner le pays en toute hâte pour fuir la justice. Il ne se trompait pas vraiment. Je l'ai regardé droit dans les yeux et j'ai acheté un aller simple.

Il était sept heures du soir, j'avais donc une longue attente devant moi. Je suis allée au café de la gare et me suis assise à une table avec vue sur les voies. Les trains partaient et arrivaient sans discontinuer. Des nuées de voyageurs envahissaient les quais, une foule de gens pressaient le pas en traînant de lourds bagages, l'esprit déjà tourné vers leur destination. Le bar était plein de clients qui prenaient un café au comptoir et s'en allaient aussitôt. À part moi, il n'y avait qu'une personne assise dehors qui n'ait pas l'air pressée, une femme très élégante aux yeux mélancoliques. Elle fumait une cigarette qu'elle ne tenait pas directement entre ses doigts, mais qu'elle avait placée dans un support insolite, une fine tige dorée munie d'une sorte de pince à une extrémité, tandis que l'autre se terminait par un anneau, ce qui permettait à la femme de le porter comme un bijou. Elle m'a souri et m'a demandé l'heure. À l'évidence, c'était un prétexte pour engager la conversation.

Elle m'a dit qu'elle attendait l'Orient-Express. Quand je lui ai répondu que moi aussi je prenais ce train, et que j'allais jusqu'à Istanbul, elle a eu un sourire étrange.

Elle m'a révélé que c'était sa ville. Et elle a ajouté qu'elle attendait un ami, mais c'était comme si elle savait qu'il n'arriverait jamais.

« Parfois, le destin s'amuse à nous mettre sur des charbons ardents, comme un amant distrait. Mais l'attente peut être plus douce encore que les retrouvailles : il suffit d'apprendre à nourrir ses propres espérances », a-t-elle observé de façon énigmatique.

Nous sommes restées silencieuses quelques minutes, chacune buvant son café, et puis, sans que je l'y encourage le moins de monde, elle m'a raconté son invraisemblable histoire. Dans sa jeunesse, elle avait vécu à la cour, dans le harem du dernier sultan, jusqu'à ce qu'il soit fermé, quand l'Empire ottoman s'est effondré. Pour nombre de ses compagnes, la liberté avait signifié la condamnation à une vie de misère. C'est difficile à comprendre mais, enfermées dans leur petit monde féminin, à la merci des désirs de leur seigneur, les courtisanes jouissaient de privilèges et de plaisirs subtils. Elle, en revanche, elle avait profité de sa liberté. Toutefois, l'amour de sa vie lui avait été enlevé : alors elle avait fui, et elle avait parcouru l'Europe en long et en large, sans jamais trouver la paix. Elle n'a plus rien ajouté. J'ai imaginé que l'homme qu'elle attendait inutilement était son amour perdu. Puis, de but en blanc, elle m'a demandé ce que je fuyais, et je me suis sentie démasquée. Que savait-elle de moi, cette femme ? Était-il possible qu'elle soit au courant de notre secret ? Je sentais déjà la panique me gagner, mais je me suis vite calmée. Ce n'était qu'une façon de parler.

J'avoue qu'un instant j'ai été sur le point de tout lui révéler. Ne t'en fais pas, j'ai résisté.

L'heure du départ approchait et je me suis levée pour aller payer mon café. Quand je suis revenue, elle n'était plus là. J'ai tenté de la retrouver, mais il n'y avait aucune trace d'elle : elle s'était éclipsée, comme par magie. J'ai récupéré mes bagages et, quand j'ai enfilé mon manteau, je me suis aperçue que j'avais quelque chose dans la poche. Au toucher, cela paraissait un objet métallique fin et irrégulier. Intriguée, je l'ai sorti, et je me suis retrouvée avec, entre les mains, son étrange anneau fume-cigarette.

Je ne sais pas pourquoi je t'en parle. Peut-être que, dans le regard de cette femme, j'ai vu la même douleur que la mienne. Que la nôtre.

Ton Elsa

Depuis combien d'années connaissent-ils Annamaria, Leonardo, Giulio et Elena ? Sergio ne s'en souvient même plus. Giovanna, en revanche, le sait sûrement. Elle aime maîtriser tous les aspects de sa vie. Elle possède un journal, qu'elle tient depuis l'adolescence. Une sorte de jeu avec elle-même. Sergio est au courant de cette habitude, mais c'est un sujet que sa femme n'aborde pas volontiers. En réalité, ce n'est pas exactement un journal. Elle utilise un cahier à la couverture en tissu ciré rouge : quand elle arrive à la dernière page, elle le remplace par un autre, semblable. Sergio sait où elle les range, ces cahiers tous identiques : dans le coffre du salon. Plus d'une fois, il a été tenté d'y jeter un coup d'œil, mais il ne l'a pas fait. Quelque chose l'a toujours arrêté. Le respect pour l'intimité de Giovanna, et peut-être la crainte de découvrir un détail qu'il vaut mieux ignorer. Tout le monde a droit à ses secrets, même les personnes qui, comme Giovanna, semblent ne pas en avoir. En tout cas, c'est son avis.

– Hé, Sergio, qu'est-ce que tu as ? Tu as vu un fantôme ? lui lance Leonardo en franchissant le seuil.

Son goût pour la plaisanterie le conduit souvent à faire des gaffes. Et c'est le cas une fois encore, puisque Elsa se sent mise en cause.

– Eh oui, c'est moi le fantôme, dit-elle en s'avançant, la main tendue et l'air malicieux. Elsa Corti, enchantée.

Si cela déstabilise un peu Leonardo, il n'en laisse rien paraître. C'est un homme désinvolte et tout à fait fascinant, la mèche noire éternellement en bataille et les yeux verts bordés de longs cils. Il serre la main de l'inconnue en lui décochant un de ses plus séduisants sourires.

– Leonardo. Enchanté.

En même temps, il jette un regard interrogateur à Sergio : qui est cette femme ? Mais son ami est à présent devant son four, totalement absorbé par ses préparatifs, et il ne lui prête aucune attention.

Giovanna est sortie sur le palier pour accueillir les autres invités : Giulio et Elena sont encore dans l'escalier avec Annamaria. Gravir cinq étages à pied au septième mois de grossesse, ce n'est pas rien. Leonardo devrait quand même être plus prévenant envers sa femme, surtout maintenant qu'ils attendent un enfant, se surprend à penser Giovanna. Ce n'est pas la première fois qu'elle a des doutes le concernant, en tant que mari et, surtout, en tant que futur père. Mettre au monde un enfant est une épreuve décisive pour n'importe quel couple et, pour ces deux-là, elle pourrait se révéler particulièrement difficile. Une pointe d'anxiété l'effleure. D'ailleurs, ça lui arrive toujours, quand elle pense à la grossesse de son amie. Même si avoir un enfant n'est pas dans ses projets, elle ne peut s'empêcher de l'envier.

– Nous sommes là ! Fatigués et affamés ! s'exclame Elena, suivie d'Annamaria, essoufflée et écarlate.

Giulio ferme le cortège, une bouteille de vin à la main. Après les embrassades rituelles et les salutations d'usage, tandis qu'Annamaria prend une chaise pour s'asseoir et que Giovanna, attentionnée, lui donne un verre d'eau, les derniers arrivants prennent conscience de la présence insolite. Elsa, assise à l'écart dans un coin de la cuisine, les a regardés entrer, et elle les observe maintenant avec une expression indéchiffrable.

Sergio fait à nouveau les présentations pour tout le monde, d'un ton un peu plus formel :

– Elsa Corti…

Pendant ce temps, Giovanna, sans mot dire, ajoute une assiette : elle a comme l'impression qu'ils ne se libéreront pas si facilement de cette femme, ce qui – elle doit l'avouer – n'est pas pour lui déplaire. Et puis, Elsa semble susciter aussi l'intérêt de leurs amis. Ce déjeuner dominical sera différent des autres.

Sergio débouche la bouteille de vin qu'a apportée Giulio et tend un verre à l'invitée inconnue.

– Non merci. Aujourd'hui, il vaut mieux que je ne boive pas.

Annamaria fixe ses boucles d'oreilles, éblouie :

– Elles sont magnifiques ! s'exclame-t-elle. Elles ont l'air anciennes. Ce sont des bijoux de famille ? D'où viennent-ils ?

– De très loin, répond Elsa en souriant.

– Tout à l'heure, vous nous avez dit avoir quitté Rome il y a cinquante ans. Où étiez-vous pendant tout ce temps ? Peut-être là d'où viennent ces bijoux ? intervient Giovanna.

– Ma chère, tu es une fille intelligente. Tu devrais devenir détective, plaisante Elsa.

Posant son sac sur ses genoux, elle commence à fouiller à l'intérieur, à la recherche de quelque chose. Après avoir sorti différents objets, parmi lesquels un portefeuille brodé, un éventail en dentelle noire, un stylo plume, un tube de crème pour les mains, un mètre de couturière, un sac de bonbons et un paquet de lettres attachées par un ruban de soie jaune, elle déniche enfin une petite boîte blanche avec des écritures roses. Puis elle remet tout son bric-à-brac en désordre dans son sac et, à l'aide d'une gorgée d'eau, elle avale un gros comprimé.

– À un certain âge, on finit par ingurgiter plus de médicaments que de nourriture ! fait-elle remarquer, comme si elle se sentait en devoir de se justifier.

– Je ne vous le fais pas dire ! Avec cette histoire de grossesse, mon gynécologue m'a bourrée de compléments alimentaires. Gélules par-ci, gouttes par-là, comme si j'étais malade. Comme si avoir un enfant n'était pas la chose la plus naturelle du monde, se défoule Annamaria, solidaire d'Elsa.

Sergio est en train de mettre les antipasti sur la table : *stuzzichini* au fromage, pickles de légumes, tranches de jambon cru. Pour Annamaria, qui ne peut pas manger de charcuterie à cause de son état, il a préparé un *pinzimonio*[1] et des pistaches grillées.

– Les pistaches sont des fruits délicieux, vous ne trouvez pas ? Celles de Siirt, en particulier… Leur chair est la plus savoureuse de toutes, fait remarquer Elsa d'un air inspiré, tout en ouvrant les coques avec des mouvements rapides et assurés.

– Siirt ? Je n'en ai jamais entendu parler. C'est le nom d'une ville ? demande Annamaria.

– Oui, c'est le nom d'une ville.

– Et qui se trouve où ? intervient Giovanna.

Mais la femme ne semble pas l'avoir entendue. Giovanna est partagée. Elle voudrait en savoir plus sur cette invitée inattendue, mais insister avec ses questions lui semble inapproprié : à l'évidence, Elsa est dans une situation difficile. Tout à l'heure, elle a pris un médicament, elle est peut-être malade. Peut-être aussi n'a-t-elle pas tous ses esprits, toute sa lucidité.

– Giovanna, tu pourras mettre une autre bouteille de vin sur la table ? demande Sergio tout en vérifiant que l'eau bout. Sa voix arrache Giovanna à ses pensées.

1. Crudités coupées en bâtonnets et trempées dans une émulsion d'huile d'olive, de citron et de sel et poivre (NdE).

Giulio la rejoint. Ils se trouvent dans un coin de la cuisine un peu à l'écart, où ils pensent ne pas pouvoir être entendus.

– Tu as vu ces lettres ? murmure Giulio.

– Quelles lettres ?

– Celles qu'elle a dans son sac. Elle les a sorties tout à l'heure quand elle cherchait ses pilules. Tu ne les as pas vues ? Elles sont attachées ensemble par un ruban…

– Ah oui…

En réalité, Giovanna n'y a guère accordé d'attention.

– Même si elles ont l'air d'avoir été envoyées il y a de nombreuses années, les enveloppes ne semblent pas coupées, comme si elles n'avaient jamais été ouvertes.

Giulio, qui enseigne l'anglais au lycée et qui est un passionné de philatélie, a tenté de lorgner les enveloppes pour saisir quelque indice sur le lieu d'origine des timbres.

– Tout ce que j'ai réussi à voir, c'est qu'elles n'ont pas été envoyées d'Italie. Je me demande qui les a écrites…

– Si vous vous demandez qui a écrit ces lettres, je vais vous le dire. Elles sont *à moi*, intervient Elsa d'un ton péremptoire. *À moi et rien qu'à moi.*

Bien que Giulio ait parlé à voix basse, elle a tout entendu.

– Peut-être est-ce un amoureux éconduit qui vous les a envoyées… C'est pour cela que vous ne les avez pas ouvertes ? suggère Annamaria, incorrigible romantique, pour essayer de dédramatiser la situation.

– Mais non, ce n'est pas un amoureux ! C'est moi qui les ai envoyées. Ce sont mes lettres. Ce sont les lettres que j'ai écrites à ma sœur. Et je les ai justement envoyées ici, à cette adresse. Mais elle ne les a jamais lues. Elle me les a toujours renvoyées sans les ouvrir.

Et tout en parlant, elle les sort de son sac et les pose sur un coin de la table. Pendant quelques secondes, personne ne sait quoi dire.

– Pourquoi ? demande Leonardo. Pourquoi ne les a-t-elle jamais ouvertes ?

– Ça, c'est à elle que vous devriez le demander.

– Vous en êtes sûre ? Peut-être que c'est vous, au contraire, qui devriez le demander à votre sœur, laisse échapper Elena.

– Cela fait combien d'années que vous ne l'avez pas vue ? veut savoir Giulio.

Elsa n'a pas besoin de calculer.

– Cinquante ans et un jour, répond-elle, sûre d'elle-même, comme si, depuis la dernière fois qu'elle avait vu Adele, elle n'avait pensé à rien d'autre qu'à mesurer le temps qui passait.

– Mais vous aussi, vous la connaissez ?

– Qui ça ? demande Annamaria. Depuis qu'elle est enceinte, elle semble souvent vivre dans un monde rien qu'à elle.

– Ma sœur ! Vous aussi, vous la connaissez ? Vous l'avez vue, récemment ?

– Comme je vous l'ai expliqué tout à l'heure, c'est nous deux, Sergio et moi, qui l'avons rencontrée… quand nous avons signé l'acte de vente de l'appartement, il y a presque deux ans maintenant, répète Giovanna en scandant bien ses mots, pensant qu'Elsa a peut-être quelques problèmes de mémoire. Une femme très gentille et réservée, précise-telle. Et après ça, il m'est arrivé de lui téléphoner de temps en temps, vous vous rappelez ? Pour la prévenir de l'arrivée d'une vieille facture…

– Alors vous avez son numéro de téléphone ! Pourriez-vous l'appeler pour lui dire que je suis là, s'il vous plaît ? Je vous en serais vraiment reconnaissante, dit Elsa, pleine d'espoir, et avec une voix qui trahit aussi un soupçon d'impatience.

– Bien sûr que nous avons son numéro de téléphone ! Mais vous ne pensez pas qu'il vaudrait mieux que ce soit vous qui l'appeliez ? propose Sergio.

– Non, il ne vaut mieux pas. Elle ne me répondrait pas.

– Si elle voyait votre numéro, elle ne répondrait pas ? interroge Elena, intriguée.

– Elle ne l'a même pas, mon numéro... Cela fait des années que nous ne nous sommes pas parlé ! Mais pour le moment, je ne me sens pas capable de lui adresser la parole. Pas encore… Par contre, si vous, vous l'appeliez, vous ne pouvez pas vous imaginer quel cadeau vous me feriez ! Un cadeau vraiment fabuleux.

Sergio et Giovanna échangent un regard complice : après tout, que pourrait-il arriver, s'ils passaient ce coup de fil ? La souffrance de cette femme est évidente : lui faire plaisir est un geste d'humanité.

Pendant ce temps, Elsa se lève, visiblement agitée. Elle demande où se trouve la salle de bains et Giovanna, prévenante, l'accompagne. Tant qu'elle y est, la jeune femme ira dans sa chambre chercher le numéro de Mme Conforti. Elle doit l'avoir noté dans un vieil agenda qu'elle range dans sa table de chevet.

Quand elle revient dans la cuisine avec son agenda, au lieu des habituels bavardages conviviaux, elle découvre un étrange silence. Tout le monde observe Elsa qui, au lieu de reprendre place à table, s'est à nouveau arrêtée devant la fenêtre, et fixe le vide. Derrière elle, Giovanna aussi scrute la cour, les fenêtres de l'immeuble d'en face, les toits dans le lointain, un magnolia solitaire qui pointe derrière le mur d'un jardin et, au fond, le ciel. Mais quelque chose lui échappe peut-être. Quelque chose qui, comme un aimant, attire leur étrange invitée.

Sergio termine la cuisson de sa sauce bolognaise et s'apprête à mettre les pâtes dans l'eau.

– Encore quelques minutes et c'est prêt ! annonce-t-il.

Mais nul ne semble l'écouter : il faut passer ce fameux coup de téléphone. Elsa est trop angoissée, continuer à ignorer sa requête serait de la cruauté.

Adele Conforti répond dès la première sonnerie, comme si elle attendait cet appel. Giovanna s'efforce de lui expliquer la situation avec toutes les précautions : elle s'inquiète de sa réaction. Elle lui raconte qu'une femme s'est présentée chez eux – « Elle dit s'appeler Elsa Corti » – elle prétend être sa sœur, elle la cherche. De l'autre côté, silence. Peut-être la ligne a-t-elle été coupée ?

– Allô ? Vous m'entendez ?

Une petite toux, semblable à un gémissement, indique que quelqu'un est encore à l'autre bout du fil.

– Nous ne nous serions pas permis de vous déranger… mais voilà, ajoute Giovanna en baissant la voix, elle nous paraît très nerveuse, parfois elle a des absences, répond de manière confuse… Et puis, elle n'arrête pas de fixer une fenêtre, comme si elle cherchait quelque chose, là-dehors. Ou quelqu'un, ajoute-t-elle sans même savoir pourquoi.

– Une fenêtre ? finit par demander Adele dont la voix, un instant, paraît étranglée. Et elle vous a posé des questions ?

Maintenant, elle semble alarmée.

– Elle n'a demandé qu'une chose : que nous vous appelions. Je crois qu'elle veut vous parler.

– D'accord. Dites-lui que dans une heure, une heure et demie tout au plus, je serai chez vous. Le temps de prendre ma voiture et d'arriver en ville.

Sa voix brisée trahit un sentiment d'urgence et d'inquiétude, peut-être même de peur.

– Alors il s'agit vraiment de votre sœur ? lui demande Giovanna, de plus en plus perplexe.

Elle se serait attendue à une réaction différente. De la stupeur, certes. Mais aussi de la tendresse, de l'émotion, de la joie.

– Bien sûr que c'est ma sœur, affirme Adele avec une vigueur recouvrée.

Puis elle se confond en excuses et en remerciements. Elle est terriblement désolée que Giovanna et son mari se retrouvent mêlés à une histoire de famille. Elle viendra au plus vite et repartira avec sa sœur, assure-t-elle avant de mettre fin à l'appel.

Istanbul, le 14 novembre 1969

Chère Adele,

Je suis partie depuis bientôt trois mois, mais on dirait que des années se sont écoulées. Des siècles, même.

Je ne me rappelle pas grand-chose de mon voyage en train, comme si je n'étais pas totalement présente à moi-même. Mon esprit débordait de doutes et j'avais devant les yeux l'énormité de ce que j'avais fait et de ce qui m'attendait. Je me souviens de la cabine luxueuse décorée de boiseries, de soie et de velours, de la confortable banquette, du miroir au cadre doré que je tentais d'éviter. Je regardais le paysage défiler à vive allure par la fenêtre, et c'était le passé que je laissais derrière moi. À un moment donné, un bavardage joyeux m'a attirée dans le couloir : celui-ci était encombré de femmes et d'hommes élégants qui se dirigeaient vers l'arrière du train. Intriguée, je les ai suivis, et je me suis retrouvée dans le wagon-restaurant. Les tables étaient dressées avec des couverts en argent et des assiettes en porcelaine fine. J'avais beau savoir que l'Orient-Express était l'un des trains les plus luxueux du monde, je suis restée éblouie par tant de faste concentré dans ce convoi lancé à grande vitesse vers l'inconnu. Pourtant, quand un serveur est venu vers moi pour me conduire à une table, j'ai pris la fuite. Brusquement, je me suis sentie mal à l'aise : j'avais l'impression que tout le monde me regardait d'un air sévère. Je me suis à nouveau réfugiée dans ma cabine, dont je ne suis plus sortie.

Quand je suis arrivée à Istanbul, je me sentais brisée intérieurement. J'étais fatiguée – malgré tout le confort, je n'avais pratiquement pas dormi – et j'avais terriblement peur. Je ne savais où aller. Je suis sortie de la gare de Sirkeci, le cœur lourd, en traînant ma valise derrière moi. Un porteur m'avait proposé de la prendre mais, par peur qu'il ne me la vole, je l'avais éloigné d'un geste discourtois. J'étais sur le point de m'écrouler. Il était huit heures du matin et l'air vibrait de sons, d'appels incompréhensibles et d'odeurs épicées. La rue grouillait de gens et de moyens de transport en tout genre, charrettes, voitures, vélos. À chaque pas, le sentiment que mon départ avait été une terrible erreur devenait plus cuisant. Le malheur et le découragement m'assaillaient.

Je suis entrée dans le premier hôtel que j'ai trouvé. J'ai pris une chambre avec vue sur la Corne d'Or, où je suis restée jusqu'à aujourd'hui. L'hôtel Izmir est un vieil établissement qui a connu des jours meilleurs. À présent, il est essentiellement fréquenté par des voyageurs de commerce, des hommes qui arrivent des plus lointaines provinces de la Turquie avec des échantillons de leurs marchandises. Avant-hier, dans le hall, j'ai croisé un type vêtu d'un manteau de fourrure noir qui lui descendait jusqu'aux pieds. Il portait sur la tête un colback qui montait très haut et, au cou, un médaillon décoré de pierres dures bleues, vertes et rouge corail. Il avait avec lui une malle remplie de tapis et un étrange instrument à cordes semblable à une guitare. En le dépassant, je l'ai effleuré sans le vouloir et il s'est retourné pour me dévisager. Ses yeux très noirs, magnétiques, paraissaient maquillés avec du kajal. On aurait dit qu'il lisait en moi. Je n'ai pu m'empêcher de frémir. Ces derniers temps, je sens souvent sur moi le regard des autres, comme s'ils savaient.

L'escalier de l'hôtel Izmir est un peu raide et il n'y a pas d'ascenseur mais, du dernier étage de l'immeuble, là où est servi le petit déjeuner, la vue est merveilleuse. Je crois qu'elle va me manquer.

En effet, aujourd'hui, je m'apprête à le quitter. J'ai refait ma valise. Je l'ai mise dans un coin, près de la porte, prête à être descendue par un porteur. Je déménage dans le quartier de Beyoğlu, dans un nouveau logement que m'a trouvé Dario, un ami. D'après lui, l'Izmir est un taudis, mais je ne suis pas d'accord. Toutefois, je dois reconnaître que, bien que cet établissement soit relativement bon marché, vivre à l'hôtel pèse trop sur mes économies, qui touchent à leur fin. Et puis, selon Dario, le quartier derrière la gare est mal famé : il ne convient pas à une fille bien sous tous rapports, comme moi. Il me dit ça avec un clin d'œil. J'ignore s'il parle sérieusement ou s'il ironise. Dans le doute, je m'abstiens de tout commentaire. Je suis consciente de ne pas être une fille comme il faut, mais lui, qu'en sait-il ? Bien que j'aie parfois l'impression qu'il en sache bien plus long sur moi que ce que je lui raconte, il ne semble jamais me juger, d'aucune façon. Alors pourquoi est-ce que moi, je devrais le faire ?

Voilà, c'est dit. Si tu t'attendais à une lettre d'excuses, tu vas être déçue. Je ne veux pas dire par là que je me pardonne ce que je t'ai fait, mais je n'ai pas été la seule à commettre un acte impardonnable. La seule véritable différence entre nous deux, c'est que toi, apparemment, tu es capable de poursuivre ta vie, comme si de rien n'était.

Mais y parviens-tu réellement ? Je suis la seule à savoir toute la souffrance que tu dissimules. Toutes les deux, nous n'aurons plus jamais de secrets l'une pour l'autre, c'est notre promesse.

Comme je te le disais, je serai bientôt à court d'argent, mais tu n'as pas à t'inquiéter. Heureusement, j'ai trouvé en Dario un véritable ami. Il m'aide : je peux compter sur lui. Cela va t'étonner, mais c'est une vieille connaissance de mon époque romaine. Enfin, vieille, façon de parler. Il m'est peut-être arrivé, par le passé, de t'en parler deux ou trois fois : sa sœur était une de mes collègues. Dario travaillait au ministère des Affaires étrangères puis il a été muté au service culturel du consulat italien à Istanbul. Je ne pensais pas le revoir, et voilà qu'au contraire... À vrai dire, quand le guichetier à Venise avait parlé d'Istanbul, j'avais tout de suite pensé à lui.

Sachant où il travaillait, une fois arrivée ici, il ne m'a pas été difficile de le retrouver. Comme je le lui dis souvent, il m'a sauvé la vie. Grâce à lui, tout est devenu facile. Il habite dans cette ville depuis moins d'un an, mais c'est comme s'il y vivait depuis toujours. Il m'a introduite dans la communauté italienne locale, et j'ai rencontré un tas de gens intéressants, qui profitent de la vie. Ici, on sait s'amuser.

Dario m'a trouvé un logement dans la villa d'une riche veuve qui désire un peu de compagnie. C'est une maison magnifique, entourée d'un vaste jardin. En plus, elle se trouve à quelques pas du consulat italien. C'est une solution temporaire, après on verra. Dario ne cesse de plaisanter en me répétant qu'il faut que je trouve un bon parti et que je m'installe. Il soutient qu'avec ma grâce je peux viser un homme à la fois très riche et beau, à condition qu'il soit progressiste et ouvert d'esprit. En effet, ici, les femmes étrangères vivant seules sont regardées avec méfiance, car de mœurs trop libres. Une brave fille turque doit préserver sa virginité jusqu'au mariage. Les braves garçons turcs de bonne famille, en revanche, se gardent bien de suivre les mêmes préceptes. On dirait que leurs passe-temps favoris consistent à fréquenter les maisons closes et séduire les jeunes filles vertueuses. Mais ensuite, ils les considèrent comme des femmes perdues. Apparemment, épouser une fille qui ne soit pas vierge est impensable. Non pas que ce soit tellement différent en Italie…

Tu t'étonnes que j'aborde sans détour certains sujets ? Il faudra que tu t'habitues. Être une étrangère à Istanbul me rend audacieuse et effrontée. D'ailleurs, c'est ainsi que tout le monde me perçoit, et je ne veux décevoir personne. Je commence une nouvelle existence. Et je peux être qui je veux. En fait, je suis déjà en train de devenir une femme totalement différente de celle que tu connaissais. Même mon ombre a changé : quand je marche dans la rue, je la remarque du coin de l'œil qui se hâte derrière moi sur le trottoir, et elle n'est plus ni comme avant, ni comme je pensais qu'elle serait.

Tu sais que j'ai même commencé à fumer ? Je fume des cigarettes Bafra sans filtre, que je conserve dans un élégant étui en argent. J'aime le geste avec lequel je porte la cigarette à ma bouche, pour ensuite l'éloigner en tenant délicatement le bout entre mes doigts : je me sens un peu Greta Garbo, un peu Marlène Dietrich. Si tu me croisais dans la rue, tu ne me reconnaîtrais sans doute pas.

J'aurais bien d'autres choses encore à te raconter, mais il faut que j'y aille. Dario m'attend sûrement déjà dans le hall. Il va m'accompagner avec mes bagages jusqu'à mon nouveau logement, et ensuite nous ressortirons. Ce soir, nous sommes invités à une réception à l'hôtel Hilton. Un entrepreneur très en vue y fête en grande pompe ses fiançailles. Il paraît que le champagne va couler à flots.

ce qui est un événement, parce que en Turquie les biens d'importation sont contrôlés par l'État, et ils sont introuvables et hors de prix. Mais le bruit court que notre hôte a asséché les réserves de la ville tout entière.

J'espère que toi aussi, tu réussis à t'amuser de temps à autre.

Ta sœur

– Vous êtes au courant pour Enrico et Lorenza ? demande Elena sur un ton mondain, un peu comme si elle voulait rompre la tension qui s'est installée dans la pièce.

– À part qu'ils se sont remis ensemble, que s'est-il passé ? enchaîne Giovanna.

– Oui, ils se sont remis ensemble, mais la vraie nouvelle est ailleurs…

Elena a l'air d'avoir connaissance d'un ragot qu'elle est impatiente de partager.

– Quand Lorenza est partie de chez elle, il y a presque un an, elle avait juré à Enrico qu'elle ne le quittait pas pour un autre, vous vous souvenez ? Elle lui avait dit qu'elle avait besoin de prendre une pause, de réfléchir, de retrouver un espace à elle, etc., et lui, même s'il souffrait énormément, il s'était fait une raison, en espérant qu'elle reviendrait tôt ou tard.

– Et effectivement, elle est revenue, fait remarquer Annamaria.

– Exactement, elle est revenue, poursuit Elena. Enrico était au septième ciel, et le gosse, n'en parlons pas. Eh bien, la semaine dernière, ils sont allés tous les trois à la plage où ils ont passé une excellente journée. Mais le soir, alors qu'il cherchait les clefs de la voiture dans le sac de Lorenza, sur quoi Enrico est-il tombé ?.... Sur une boîte de préservatifs.

– Sérieux ? s'exclame Sergio, amusé.

– Tu imagines ? Quand Elena me l'a raconté hier, je n'en suis pas revenu. Je ne m'attendais pas à ça d'une fille comme Lorenza, confirme Giulio.

– Et alors, lui, qu'est-ce qu'il a fait ? la presse Annamaria.

– Pour le moment, rien. Il n'a pas encore pris de décision mais je parierais qu'il ne va pas la quitter, répond Elena.

– Mais Lorenza lui a menti, et elle l'a trompé ! s'indigne Giovanna.

– C'est un faible, commente Leonardo.

– Pourquoi un faible ?

Maintenant, c'est Elsa qui parle. Dans le feu de la conversation, ils l'avaient oubliée.

– Il est heureux avec sa femme ? Alors qu'il la garde près de lui ! Quelle importance, si elle lui a dit un mensonge ? Dans la vie, l'essentiel est ailleurs. Au bout du compte, ce dont nous avons besoin, c'est simplement d'être heureux.

Parmi les amis s'installe un silence étrange, intime et presque rassurant. Par ses paroles, Elsa semble vouloir les inciter à réfléchir aux véritables valeurs de l'existence. Et puis, renouant avec l'atmosphère conviviale du déjeuner, la femme ajoute :

– Les mets qui nous nourrissent et nous réconfortent sont également une forme du bonheur. Vous voyez ces aubergines ? fait-elle en indiquant les deux petits légumes sphériques violet clair que Giovanna a mis dans le centre de table, avec les piments. Elles sont belles, mais moi, je préfère celles qui sont grosses et allongées, presque noires. En avez-vous déjà mangé avec un ragoût d'agneau ? Je mets les aubergines au four pendant que je fais cuire la viande à feu doux avec des oignons et des tomates. Quand elles sont prêtes, j'enlève la peau, j'écrase la pulpe, et puis j'ajoute une béchamel que je prépare moi-même dans les règles de l'art, ainsi qu'un soupçon de cannelle. Pour finir, je mets la viande par-dessus.

Elle parle avec fougue, et tous ont l'impression qu'en réalité elle s'adresse à une personne qui n'existe que dans ses souvenirs.

– C'est un délice ! Pour être précise, c'est le délice du sultan : *hünkar beğendi* ! conclut-elle.

– *Hünkar ?* C'est le nom de cette recette ? C'est une spécialité du Moyen-Orient ? intervient Giulio.

– Oui, et c'est un plat exquis : il a été inventé par les cuisiniers de la cour afin de permettre à un sultan de conquérir une femme, explique Elsa en souriant.

Annamaria et Giulio veulent en savoir davantage, et elle ne se dérobe pas.

– On raconte que le sultan Abdülaziz a fait préparer cette recette à l'occasion de la visite de l'impératrice de France Eugénie Bonaparte, épouse de Napoléon III, commence-t-elle à raconter d'un air rêveur, comme si elle récitait un conte appris par cœur. Il l'avait rencontrée longtemps auparavant à Paris, au cours de son unique voyage à l'étranger, à l'occasion d'une exposition, et il paraît qu'une étincelle avait jailli entre eux. Quand, deux ans plus tard, Eugénie s'est rendue seule à la cérémonie d'ouverture du canal de Suez, Abdülaziz l'a invitée à faire étape à Istanbul. La légende veut que, pour l'accueillir dignement, il ait fait rénover le palais de Beylerbeyi, une construction de taille modeste mais fastueuse sur la rive asiatique du Bosphore. Des dizaines et des dizaines d'ouvriers y ont travaillé jour et nuit pour le finir à temps, tandis qu'un orchestre jouait incessamment pour soutenir leur rythme. Quand l'impératrice est arrivée, Abdülaziz a organisé un banquet en son honneur, dont le plat principal, justement, était le « délice du sultan » : *hünkar beğendi*. Cette nuit-là, l'impératrice s'est arrêtée dans les appartements du sultan, provoquant un grand scandale à la cour et déclenchant même les foudres de la mère d'Abdülaziz. Une nuit qui a été suivie par d'autres, jusqu'à ce que la femme reprenne son voyage.

Elsa se tait. Quelle personne fascinante ! se dit Giovanna. Elle doit en connaître, des histoires ! On dirait qu'elle a fait le tour du monde.

– Eh, Sergio, ça y est, les tagliatelles ? Maintenant qu'on a écouté Mme Elsa, nous aussi, on voudrait notre délice, même si ce n'est pas celui du sultan ! plaisante Leonardo.

– Il faut mettre le four à quelle température ? interroge Giulio, intéressé.

Mais Elsa ne lui répond pas. Elle est à nouveau perdue dans qui sait quelles pensées.

– Laissez-la tranquille, intervient à voix basse Sergio, qui est retourné à ses fourneaux.

Maintenant, c'est lui qui va s'occuper de lui remonter le moral, grâce à un bon plat de pâtes.

– La passion est vraiment un état d'âme imprévisible. Vous me croiriez si je vous disais qu'aujourd'hui encore, on peut être malade d'amour ? demande Elena tout en remplissant à nouveau les verres de vin.

De sa part, ce n'est pas une question rhétorique. Espérant alléger un peu l'atmosphère, elle raconte un épisode survenu quelques jours plus tôt dans l'hôpital où elle travaille comme interniste. Un homme s'était présenté aux urgences en proie à de terribles douleurs à la poitrine, avec les symptômes typiques d'un infarctus. À tel point que le personnel responsable du triage lui avait attribué le code rouge. Mais avant qu'il commence à subir tous les examens d'usage, il avait été rejoint par son compagnon, un très beau jeune homme avec lequel il s'était disputé quelques heures plus tôt d'une manière dramatique – c'est ce que l'on avait appris alors. Ses symptômes avaient disparu à l'instant. Tous les contrôles ultérieurs avaient montré que l'individu se portait comme un charme.

– Le cas classique du cœur brisé. Mais il a vite trouvé son médicament, conclut Elena, cabotine.

Elle est une mine d'histoires, parfois émouvantes, parfois cocasses, et elle aime les raconter. En revanche, tout le monde n'aime pas les écouter. Leonardo, par exemple, ne perd jamais une occasion de mettre en doute leur authenticité.

– Dis la vérité, tu as tout inventé de A à Z. Tu es une affabulatrice, voilà ce que tu es ! plaisante-t-il.

– Mais non, c'est la personne la plus sincère que je connaisse ! Et puis, à quoi bon ? Tu sais bien toi-même que la réalité dépasse toujours la fiction, intervient Sergio, toujours prêt à prendre fait et cause pour Elena.

– Moi aussi, je la crois, lui fait écho Giulio.

– Mais toi, tu ne comptes pas, tu es de parti pris : tu es son mari ! fait remarquer Leonardo en lui faisant un clin d'œil.

Elena les observe d'un air satisfait : elle aime instiller chez son public le soupçon qu'en réalité ses histoires sont inventées plutôt que vécues.

– Quelqu'un veut autre chose ? demande Sergio.

Annamaria se tourne vers Elsa. Bizarre, son assiette est encore pleine. La femme fixe Annamaria avec un regard vide, la tête légèrement inclinée sur le haut de son dossier de chaise, dans une position, pour tout dire, assez anormale. Annamaria l'appelle doucement par son nom, mais l'autre ne répond pas. Oui, il y a décidément quelque chose de bizarre dans la façon dont Elsa est assise. Un de ses bras est comme abandonné sur ses genoux, tandis que l'autre pend vers le sol, presque inerte.

Annamaria l'appelle encore. Sans le vouloir, elle a haussé le ton, car une vague de panique commence à s'emparer d'elle. Instinctivement, elle pose une main sur son ventre. À travers la mince étoffe de sa robe de grossesse, elle sent le bébé qu'elle porte exécuter une petite cabriole qu'elle accueille avec gratitude, comme un signe rassurant.

Maintenant, les autres aussi se sont rendu compte que quelque chose ne va pas. Elena s'est approchée et essaye de secouer Elsa, qui ne réagit pas. Alors elle lui prend délicatement le pouls entre le pouce et l'index, pour vérifier son rythme cardiaque. Tout le monde se tait et retient son souffle. Quelques instants plus tard, Elena secoue tristement la tête. Elle regarde ses amis un à un avec, sur le visage, une expression flottant entre l'égarement et la douleur. Elsa est morte.

Istanbul, le 1er janvier 1970

Chère Adele,

Je te prie de m'excuser pour mon écriture tremblante, mais j'ai fêté l'arrivée de la nouvelle année sans rien me refuser, et je lutte à présent contre une migraine spectaculaire. Dans ma lettre précédente, je faisais allusion à une fête de fiançailles, tu te rappelles ? Eh bien, c'est justement à cette occasion que j'ai rencontré Ender, un prénom qui veut dire « rare ». C'est un homme puissant et très riche qui, depuis lors, me fait une cour assidue. Parmi tous mes admirateurs – ce n'est pas pour me vanter, mais j'en ai beaucoup –, ce n'est peut-être pas le plus jeune ni le plus beau, mais c'est certainement le plus tenace. Son nom complet est Ender Şahin, il est négociant en café et voyage souvent, essentiellement au Brésil. C'est lui qui a donné une fête magnifique hier soir afin d'accueillir dignement l'année 1970. D'ailleurs, ici, on célèbre le Nouvel An d'une façon vraiment extravagante, en puisant également dans nos symboles traditionnels de Noël. Ainsi, pour les fêtes de fin d''année, Istanbul se remplit de guirlandes et de sapins richement décorés. C'est une véritable joie pour les yeux.

Parmi les invités, il y avait naturellement aussi Dario, à qui revient le mérite ou la faute – je n'ai pas encore tranché – de nous avoir présentés. Quant à moi, j'étais l'invitée d'honneur.

Pour faire les choses en grand, Ender a loué l'un des plus fastueux salons du Pera Palas, l'hôtel où Agatha Christie, au début des années trente, a écrit un de ses plus célèbres romans policiers, Le Crime de l'Orient-Express. *Tu l'as lu ? Moi, oui. Une histoire captivante. Sa chambre était la 411 et, peu avant minuit, Ender m'a prise par la main et m'y a emmenée. Il l'avait réservée pour toute la nuit, juste pour pouvoir me la montrer. Nous nous sommes esquivés de la fête et, complices, avons parcouru les escaliers et les couloirs labyrinthiques de cet hôtel fascinant. Ender m'a expliqué qu'ils ont laissé la chambre exactement comme elle était quand Agatha Christie y séjournait. Il paraît qu'ils veulent en faire un musée. Quand nous sommes entrés, je m'attendais presque à la trouver encore là, au travail. C'est incroyable : posée sur un petit secrétaire, il y a encore sa machine à écrire, ou peut-être une réplique exacte. J'ai eu un frisson : moi aussi, j'ai pris l'Orient-Express, et moi aussi, j'ai souffert à la suite d'un tragique événement de mon passé… Je me suis sentie comme un personnage de ses romans policiers – la victime potentielle, mais aussi la meurtrière probable. Tu sais quoi ? Au fond, l'amour aussi est un crime parfait : parfois il nous tue, parfois il nous rend plus fort, mais dans tous les cas, il constitue un alibi idéal pour n'importe laquelle de nos folies.*

Il ne t'arrive jamais d'éprouver un trouble de ce genre, en repensant à ce qui s'est produit ? Mais non, j'oubliais que tu gardes toujours ton sang-froid et tes nerfs d'acier ! Toi, tu maîtrises toujours tout. Tu ne sais pas ce que ça veut dire, céder à la panique. En ce sens, tu es une meilleure version de moi-même. Une version plus rationnelle, celle qui sait toujours ce qu'elle veut, qui ne se trompe jamais. Celle qui me manque.

Pendant quelques instants, hier soir, dans la chambre 411, je suis repartie dans le passé, et cela a été douloureux. Tant que je serai en vie, je ne dérogerai jamais à notre pacte : aussi, je me suis tue. Mais je devais être pâle, car Ender s'est aperçu que quelque chose n'allait pas. Il m'a demandé si je me sentais bien, et j'ai mis mon malaise sur le compte du champagne. À ce moment-là, nous avons réalisé que 1969 allait s'achever, et que nous étions là à regarder autour de nous comme deux voleurs tandis qu'en bas les invités se préparaient à trinquer. Nous avons couru à l'ascenseur et les avons rejoints juste à temps : Dario envoyait déjà une armée de serveurs à notre recherche.

Ender tente de me conquérir par tous les moyens mais, jusqu'ici, je lui ai résisté. Dario est certain qu'il va bientôt me demander en mariage. Il dit qu'Ender est fou de moi. Ender est du genre à aimer conclure sans y aller par quatre chemins. En fin de compte, c'est un commerçant habitué à obtenir tout ce qu'il veut… Pour lui, le temps est la marchandise la plus précieuse. Dario dit aussi que je devrais accepter, mais je n'en suis pas sûre. À sa manière, Ender est un homme fascinant, mais il a aussi la réputation d'être un don Juan. Non pas que je sois jalouse, loin de là, mais je ne suis pas prête à m'engager dans une relation qui pourrait se révéler compliquée et qui, du moins sur le papier, est censée durer toute la vie. Néanmoins, si j'étais totalement cynique et sans scrupules, je dirais qu'une excellente raison pourrait me pousser dans les bras d'Ender : sa richesse.

Tu es scandalisée ? Il va falloir t'y habituer. Ta petite sœur apprend rapidement l'art de s'évertuer à lutter pour sa survie, et elle a l'intention de s'en sortir le mieux possible.

De plus, la générosité désintéressée de Dario ne pourra pas durer éternellement, et je suis lasse de devoir m'inquiéter de mes finances.

Et puis, à ces inquiétudes s'en ajoute une autre : j'ai besoin de trouver un nouveau logement, car je me sens à l'étroit à mon adresse actuelle. Mme Vural s'est révélée une femme pleine de hargne et de rancœur. Elle ne fait que se plaindre des épouses de ses fils. Tous deux vivent à l'étranger et ne viennent jamais la voir : l'un est ophtalmologue et vit en Amérique, l'autre habite Paris et sa profession reste enveloppée de mystère. La semaine dernière, après des mois de silence, il l'a appelée pour lui demander de lui envoyer de l'argent par mandat postal. Et tu sais quoi ? Mme Vural a couru à la poste et lui a donné le double de ce qu'il réclamait. « Le pauvre, c'est la chair de ma chair, je serai toujours là pour lui », s'est-elle justifiée.

Elle est devenue veuve jeune, a élevé ses fils seule, et eux, au lieu d'être reconnaissants, l'ignorent et l'exploitent. Et que fait-elle ? Au lieu de s'emporter contre eux, elle s'en prend à ses belles-filles, comme si celles-ci gardaient leurs maris prisonniers et les obligeaient à maltraiter leur mère. Et gare à toi si tu tentes de la raisonner : elle se retourne contre toi avec des propos venimeux. Mme Vural aime ses fils indéfendables d'un amour féroce. Sa stupidité m'agace profondément, bien qu'au fond je la comprenne : je sais où l'amour aveugle peut conduire, et tu le sais toi aussi.

Il y a trois jours, je suis allée au cinéma Emek, une salle construite dans les années trente, dont les fauteuils en velours rouge, maintenant élimés au milieu, sont encore d'origine. J'avais repéré l'annonce d'un festival de films italiens sur un tableau d'affichage du consulat, un après-midi où j'étais venue chercher Dario. Quand j'ai découvert que 8 ½ *de Federico Fellini était au programme, je n'arrivais pas à y croire. La séance avait lieu l'après-midi, et j'ai décidé d'y aller seule. Alors que je me rendais au cinéma à pied, je suis passée devant la vitrine d'une pâtisserie qui exposait des gâteaux semblables à nos babas au rhum. Je suis entrée sur un coup de tête et en ai acheté deux avec l'idée de les déguster en regardant le film. J'ai attendu que les lumières de la salle s'éteignent pour ouvrir le sachet, mais j'ai fait un peu de bruit, et un type assis dans la rangée devant moi s'est retourné en me faisant les gros yeux. J'ai eu l'impression d'être une sale gamine. Tu ne peux pas imaginer combien j'ai aimé être là, assise dans le noir, avec mes pâtisseries à grignoter, en train de suivre les tribulations fantasques de Marcello Mastroianni, cinéaste en crise en quête d'inspiration. C'était comme faire un magnifique rêve réparateur, dans lequel tout semble prévu pour te remonter le moral : les lieux familiers, les visages, les douces sonorités de ta langue maternelle… Le turc, pourtant une très belle langue, est beaucoup plus âpre. Je travaille dur pour l'apprendre, mais ce n'est pas facile. Mon professeur, Mme Güzin, une vieille fille entre deux âges qui a longtemps vécu à Florence, ne cesse de me répéter que je fais des pas de géant, mais c'est une flatteuse invétérée.*

En sortant de la séance, j'ai jeté un coup d'œil au programme. En février, ils vont projeter Je la connaissais bien… *d'Antonio Pietrangeli, avec Stefania Sandrelli : c'est un film plus triste, mais je ne le raterai pas non plus. Je m'achèterai à nouveau un sachet de pâtisseries et, munie de ces remontants, je prendrai place dans un fauteuil d'une rangée centrale, au milieu. Les lumières s'éteindront et je retournerai en Italie pendant deux petites heures, entracte inclus. Si cela devient une habitude, je risque de prendre beaucoup de poids !*

Pour le moment, je suis une bombe. La femme la plus fascinante et la plus admirée de la haute société d'Istanbul. Ce n'est pas moi qui le dis, mais Dario. Il me rapporte avec sollicitude le moindre ragot à mon sujet qui parvient à ses oreilles. Il s'enorgueillit de tous ces compliments, comme si j'étais une de ses créations. Lui, dans ce sens-là, les filles ne lui plaisent pas, il a d'autres intérêts, mais il adore jouer avec moi comme avec une poupée. Une poupée qu'il peut parer, cajoler, exhiber. Et moi je le laisse faire, d'autant plus qu'ensuite c'est lui qui paye la note. Il raffole des robes de soirée décolletées, des chaussures à talons hauts, des sacs importés de France. Il m'accompagne pour faire du shopping dans les rues de Nişantaşi, un quartier plein de boutiques dans le style parisien, qui te plairaient à toi aussi. Les vendeuses nous prennent souvent pour mari et femme, et nous nous amusons à le leur faire croire. De temps en temps, nous mettons en scène de brèves querelles conjugales, et parfois même des scènes de jalousie.

Hier, il m'a offert une robe en soie rose et rouge corail avec des broderies dorées. Elle est merveilleuse. Je la mettrai vendredi prochain. Le consulat italien organise une réception et Dario compte sur moi pour faire les honneurs de la maison. Ender sera là aussi, mais j'ai l'intention de le faire mariner. Cependant, il faut reconnaître qu'il ne se rend pas facilement. Ce matin, il m'a fait livrer deux douzaines de roses rouges. Quoi qu'il en soit, dans quelques jours, il partira pour le Brésil : s'il fait pression sur moi avec une demande en mariage, je lui répondrai que nous en parlerons à son retour.

Aurais-tu jamais imaginé que ta sœur, la jeune fille timide qui restait dans son coin pendant les fêtes, pendant que toi on t'invitait à danser, puisse devenir la reine de la jet set d'Istanbul ? J'éprouve moi-même de la tendresse pour la rêveuse naïve que j'étais. Mais maintenant, j'ai changé. J'ai tellement cherché ma place dans le monde, or elle était à l'intérieur de moi : à l'endroit même où mon cœur bat, où mon sang afflue, là où je respire, pleure et ris, en restant vivante. Mon destin, c'est moi. Je ne me laisserai plus entraîner par les événements. Dans le bien et dans le mal, tout ce qui m'arrivera, je l'aurai voulu.

C'est une promesse que je me fais chaque jour, et que chaque jour j'essaie de tenir, mais tu es la seule à pouvoir savoir combien cela me coûte. Je porte le masque souriant de la femme frivole et satisfaite, mais au fond de mon cœur, j'éprouve un déchirement sans fin. Ainsi, quand je rentre chez moi le soir et redeviens entièrement moi-même, je repense à l'époque où nous étions unies, et le désespoir m'envahit. Oui, un destin vraiment tragique et facétieux nous a séparées, mais ce que nous représentons l'une pour l'autre ne cessera jamais. Ne l'oublie pas : nous sommes sœurs, le lien qui nous unit coule dans nos veines, et il en sera ainsi tant que nous vivrons.

Pour l'instant, je tente de m'amuser le plus possible. C'est mon antidote au malheur. Ce soir, par exemple, un ami va m'emmener dîner dans un nouveau restaurant de spécialités ottomanes, dont on dit le plus grand bien.

Bayram est un autre de mes soupirants, bien que ce soit presque un gamin. À vrai dire, je crois qu'il a quelques années de moins que moi, et il a la maturité d'un adolescent. Il appartient à une famille d'industriels du secteur textile, mais il ne m'a pas l'air impatient de se consacrer aux affaires. Il est obsédé par les États-Unis, où il s'apprête à retourner pour finir ses études universitaires, et par tout ce qui s'y rattache : les westerns, la mèche à la James Dean, le Coca-Cola, les jeans… Sa mère est une des femmes les plus influentes de la bonne société d'Istanbul. C'est elle qui décide de qui peut en faire partie. Je l'ai rencontrée une fois, à un événement au consulat : elle m'a fait penser à toi. Ou plus exactement, à ce que tu seras, je pense, dans vingt ans : distante, élégante et charismatique.

Bayram, ça oui, serait un bon parti pour moi. Il est jeune, suffisamment ingénu et bourré d'argent. Et puis, il est beau et me désire ardemment. Mais il ne m'épousera jamais car sa mère ne le lui permettra pas. Elle l'a destiné à une brave fille turque de bonne famille. Trois conditions que je ne remplis pas, du moins à ses yeux.

Ender est malin, mais pas aussi exigeant. Ou peut-être qu'il l'est, mais avec d'autres critères. Lui, il veut une « vilaine » fille qui connaît le monde. Les origines de son épouse ne l'intéressent pas. Il a l'habitude d'évaluer ce qui lui plaît en regardant, reniflant et touchant. Ce sont ses mots. Quoi qu'il en soit, je n'ai pas encore pris ma décision, et lui, du reste, ne m'a fait aucune demande officielle. Alors, qu'y a-t-il de mal à passer une agréable soirée avec un admirateur impétueux et beau comme le dieu de l'amour ?

Il se fait tard, il faut que je me prépare. J'ai déjà choisi ma robe, bleu nuit rehaussée de broderies d'or et d'argent. Je ne crois pas qu'elle te plairait.

Avec amour,

Ta sœur

L'ambulance est arrivée. C'est Sergio qui a composé le numéro unique des services d'urgence. Quand quelqu'un a enfin décroché, il n'a pas été facile d'expliquer la situation. L'opérateur a pris son temps. Il n'arrêtait pas de dire : « Je n'ai pas compris, vous pouvez répéter, s'il vous plaît ? » Sergio a dû mobiliser toute sa patience pour ne pas exploser. Lors de ce moment intense, il a compris ce que signifiait être le jouet des événements. Le temps s'écoulait inexorablement. Et si Elena s'était trompée ? Elsa n'était peut-être qu'évanouie, et alors ce type, à l'autre bout du fil, lui faisait perdre de précieuses minutes…

Mais Elena ne s'était pas trompée.

À présent, Sergio observe avec détachement les ambulanciers qui s'affairent autour du corps sans vie de cette femme dont il ne sait rien. Giovanna, près de lui, détourne les yeux. Ces hommes portent un uniforme d'un orange tellement criard qu'elle en a mal aux yeux. Tous les deux, ainsi qu'Elena, sont les seuls à être restés dans la cuisine, les autres se sont réfugiés dans le salon. Ils les entendent murmurer derrière la porte entrouverte.

Elena se présente :

– Bonjour, je suis médecin…

Dès que les secouristes apprennent qu'elle est docteur, ils semblent devenir plus consciencieux. Son titre fait mouche, mais en même temps il semble susciter de l'inquiétude : c'est du moins l'impression de Sergio. Ils craignent peut-être le jugement de quelqu'un qui, du moins formellement, est leur supérieur hiérarchique. Quoi qu'il en soit, Elena ne semble pas y prêter attention, et elle les informe de manière précise et professionnelle de ce qui s'est produit, formulant l'hypothèse que la femme ait été victime d'une attaque totalement imprévisible.

– Quelques minutes avant encore, elle nous parlait d'une recette à base d'aubergines, et puis elle est morte. Comme ça, sans un gémissement ! Sur le coup, on ne s'en est même pas rendu compte… intervient Giovanna.

– Ah bon, alors il vous a fallu un peu de temps avant de comprendre que cette dame ne se sentait pas bien ? demande un des ambulanciers, en s'adressant à Elena.

– Mais non, cela a été l'affaire d'un instant, deux minutes tout au plus. J'étais en train de raconter une anecdote et tous les regards étaient tournés vers moi. Moi-même, je ne la regardais pas car elle était en bout de table, sur ma droite, hors de mon champ de vision.

Quand j'ai pris son pouls, malheureusement il n'y avait plus de signes vitaux.

– Et vous avez constaté que le cœur de la dame ne battait plus, insiste l'ambulancier.

– Exactement.

– La dame avait-elle mangé quelque chose de particulier ? Quelque chose qui aurait pu provoquer un arrêt cardio-respiratoire ?

– Non, elle n'a pratiquement pas touché à son assiette, répond Giovanna en désignant les pâtes maintenant froides que leur invitée ne mangera jamais plus.

– Elle n'a même pas voulu de vin : quand je me suis apprêté à lui en verser un verre, elle m'a arrêté en m'expliquant qu'elle préférait de l'eau. Pour être précis, elle m'a dit : « Aujourd'hui, il vaut mieux que je ne boive pas », ajoute Sergio.

– Mais avant le déjeuner, elle a pris un médicament, intervient Elena. Je pense que vous devriez regarder dans son sac : elle avait une boîte. Vous trouverez peut-être aussi une ordonnance. J'imagine qu'elle était malade.

Les secouristes s'emploient néanmoins à effectuer toutes les procédures pour ranimer Elsa mais, malheureusement, le diagnostic d'Elena est juste : toute tentative s'avère inutile.

– Rien à faire. La dame est décédée, annonce un gars corpulent qui a tout l'air d'être le chef.

Tandis que l'ambulancier qui avait interrogé Sergio remplit un formulaire, qu'il lui fait ensuite signer, ses collègues commencent à rassembler leur équipement. Sergio fait un gribouillis sans prêter attention à rien, anéanti par cette bureaucratie funèbre. Il a presque l'impression de regarder un film. Un de ces films catastrophe où les secours arrivent quelques minutes avant la fin, quand tout semble perdu, renversant de manière providentielle le cours des événements. À part que cette fois-ci, aucune fin heureuse n'est prévue.

Ce corps qui, il y a si peu de temps encore, appartenait à Elsa, gît sur une civière, comme un sac. Sur son visage tout gris, son rouge à lèvres qui a bavé ressort, sinistre. Et là, juste à côté, à peine écartée de la table, se trouve la chaise sur laquelle elle était assise, voilà même pas une heure. La chaise d'où elle ne s'est pas relevée.

Le plus loquace des secouristes porte à la ceinture, tel un pistolet, un talkie-walkie à l'air vétuste. Cette petite boîte infernale émet toutes sortes de craquettements. Sergio met un peu de temps à réaliser qu'il s'agit d'une voix métallique qui parle par saccades, donnant des ordres secs. La fréquence est très perturbée. De toute façon, aucun d'eux ne semble s'en soucier. Ce grésillement insistant rend la scène encore plus irréelle.

– Comment se fait-il qu'ils utilisent du matériel aussi obsolète ? Ce ne serait pas plus pratique, un smartphone ? s'interroge à mi-voix Sergio, qui est du genre à se précipiter pour acheter le dernier modèle de téléphone portable le jour même où il est mis en vente.

– Comment ? demande Giovanna derrière lui.

– Non, rien, je me demandais juste pourquoi ils n'ont pas de smartphones au lieu de ces gros machins qui grésillent, pour communiquer avec le central.

– Je crois qu'il est plus sûr d'utiliser les fréquences radio, au cas où la zone présenterait des problèmes de couverture réseau, avance Elena.

Giovanna reste silencieuse. Quand elle ne sait que dire, elle préfère se taire. Elle observe le va-et-vient des secouristes avec une certaine satisfaction. Les gestes mesurés, fruit d'une routine codifiée, avec lesquels ils recouvrent le cadavre d'un drap bleu ciel, lui rappellent certains rituels ancestraux qu'elle a vus dans un documentaire sur des populations primitives. Elle apprécie cette efficacité totalement inoxydable que rien, pas même la mort, ne vient entamer. Ces hommes ont l'air de toujours savoir ce qu'il convient de faire, même quand il n'y a plus rien à faire.

– Sa sœur va bientôt arriver. Il va falloir lui apprendre la nouvelle, dit-elle dans un sursaut, en s'adressant à Sergio.

Elle a le ton pragmatique de ceux qui souhaitent résoudre rapidement un problème.

– C'est vrai ! J'avais presque oublié…

Sergio se sent mal rien qu'à l'idée de devoir expliquer à cette gentille femme qu'elle vient de perdre sa sœur juste avant de la revoir, après toutes ces années. Quelle plaisanterie cruelle du destin, vraiment.

– Où l'emmenez-vous ? s'informe Giovanna, pratique, attirant l'attention du secouriste. Elle a de la famille, une sœur… J'imagine qu'il y aura des formalités à remplir.

– Pouvez-vous vous charger de l'avertir ?

– Oui, bien sûr. À vrai dire, elle est en chemin. Elle devrait bientôt arriver.

L'homme lui donne l'adresse et le numéro de téléphone de la chambre mortuaire de l'hôpital où ils se rendent, et elle les note rapidement dans le carnet qu'elle garde dans la cuisine. Celui qu'elle utilise pour la liste des courses.

Entre-temps, dans le salon, ses amis ont cessé de parler à mi-voix. L'un d'eux a ouvert grand la porte et, à présent, ils observent les secouristes qui s'en vont, emportant avec eux le corps d'Elsa. Puis Giulio se laisse tomber dans un petit fauteuil, pâle, le regard perdu dans le vide. Elena le rejoint : elle se fait du souci pour lui. Pourquoi est-il tellement bouleversé ? Au fond, il ne la connaissait même pas, cette femme, il n'est pas normal qu'il soit aussi secoué. Pour le réconforter, elle pose une main sur son épaule qu'elle caresse tendrement.

– Hé, mon chéri, qu'est-ce qui se passe ? Tu vas bien ? lui demande-t-elle avec sollicitude.

– Oui oui, marmonne-t-il avant de replonger aussitôt dans son mutisme inhabituel.

À peine les ambulanciers sont-ils partis avec leur triste chargement que des policiers arrivent. C'est Giovanna qui leur ouvre. Ils sont trois, tous très jeunes et nerveux. L'un d'eux, yeux d'un gris délavé et courte barbe rousse, tient un bloc-notes. Sans demander la permission, il s'assoit précisément sur la chaise où est morte Elsa, mais ni Sergio ni Giovanna n'ont le courage de le lui dire.

– Pourquoi est-ce que la police vient aussi ? Qui l'a appelée ? demande Annamaria à mi-voix.

Leonardo hausse les épaules. Qu'est-ce qu'il en sait ? Tous deux regardent Elena d'un œil interrogateur : vu les circonstances, le fait qu'elle soit médecin lui donne, à leurs yeux, une espèce d'aura d'omniscience.

– Je n'en ai aucune idée, les amis ! Peut-être qu'au service central des urgences, en cas de mort soudaine, ils alertent automatiquement les forces de l'ordre, suppose-t-elle.

Annamaria s'allonge sur le canapé. Elle installe deux coussins sous ses jambes pour les soulever, de manière à favoriser la circulation, comme son gynécologue le lui a conseillé. Dans cette position, elle a une excellente vue sur la cuisine.

– Vous voulez boire quelque chose ? Un verre d'eau ? Un café ? demande Sergio, courtois, aux policiers, un peu comme s'ils étaient là pour une fête.

Mais ils n'ont pas l'intention de perdre ne serait-ce qu'une seconde de leur précieux temps en civilités.

– Non merci, j'ai juste besoin de votre aide pour récapituler les faits et rédiger mon rapport, répond le policier barbu au nom de tous.

Il brandit un bloc-notes de la main gauche, un stylo de la main droite. Le seul qui ne semble prêter aucune attention à ce qui se passe autour de lui, c'est Leonardo. Il prend une bande dessinée dans la bibliothèque et commence à lire, appuyé contre un mur, comme s'il était dans le tramway ou dans la salle d'attente du dentiste. Cependant, ses amis savent que ce n'est qu'une posture. Faire comme s'il ne s'était rien passé est une stratégie comme une autre pour faire face à ce qu'on ne peut pas contrôler.

En réalité, à l'arrivée des policiers, Leonardo a été saisi de panique. De toute sa vie, il n'a jamais eu affaire aux forces de l'ordre, et pourtant il se sent coupable, absurdement. Comme s'il avait commis un crime dont les détails, à présent, lui échapperaient. L'appartement tout entier est devenu une espèce de scène de crime, et il s'attend à tout instant à être appelé pour rendre compte de ses actes. Oui, mais lesquels ? La bande dessinée tremble légèrement entre ses mains. Diabolik et Eva Kant viennent de voler des bijoux pendant une nuit de pleine lune. Lui aussi a l'impression d'être un voleur, et cela le terrifie. Comme d'habitude, il affichera une attitude fanfaronne et un peu méprisante, ainsi personne ne réalisera combien il a peur. Personne, sauf ceux qui le connaissent bien, naturellement.

– Mais que fais-tu, Leo ? Qu'est-ce que tu lis ?

La voix d'Annamaria sonne comme une plainte.

– Rien, un vieux *Diabolik*. Je ne savais pas que Sergio aimait ça... répond-il en levant à peine les yeux de sa page.

– D'accord, tu es son ami, mais tu ne peux quand même pas prétendre connaître parfaitement ses goûts ! plaisante-t-elle d'un ton léger, tout en se caressant le ventre.

Leonardo se replonge dans son album. Il a du mal à regarder sa femme : l'imminente maternité d'Annamaria le fascine et le terrifie en même temps, aussi préfère-t-il l'ignorer. Mieux vaut se concentrer sur les policiers. Toujours accroché à *Diabolik* comme à une bouée de sauvetage dans une mer démontée, il glisse un regard vers la cuisine. Un des agents discute avec Giovanna, mais Leonardo n'a d'yeux que pour Sergio qui, contrairement à lui, paraît serein et désinvolte : il a le don de savoir se comporter de la bonne manière dans toutes les situations. Leo l'observe prendre la parole, debout entre ces hommes en uniforme qui semblent suspendus à ses lèvres. Un reflet sur la vitre de la fenêtre vient faire flamboyer sa chevelure. Dépassé par une émotion à laquelle il n'arrive pas encore à s'habituer, Leonardo laisse tomber son album sur le sol. *Diabolik* a brusquement perdu tout intérêt. Entre-temps, un policier s'est avancé à l'entrée du salon pour inviter le reste de la compagnie à se rassembler dans la cuisine.

– Alors comme ça, vous ne connaissiez pas la personne décédée ?

C'est la troisième fois que l'agent barbu répète la même question. On dirait qu'il n'arrive pas à se faire à une situation aussi bizarre. Déjà suffisamment éprouvé, Sergio se dit qu'il vaut mieux laisser parler Giovanna. Et en effet, c'est elle qui réexplique tout depuis le début, angélique, sans se démonter. L'agent semble enfin convaincu.

– Et les effets personnels de la dame ? demande-t-il.

– Elle avait juste ce sac à main, intervient Sergio.

Il lui tend le large sac brodé, tandis que ses yeux, presque sans le vouloir, cherchent les lettres qu'Elsa avait posées sur la table. Elles sont encore là, tant mieux. Ça le soulage. Giovanna a eu la même idée que lui, et ils échangent un rapide regard de complicité. Ils remettront les lettres à sa sœur, dès qu'elle arrivera. La conscience d'avoir à lui annoncer la tragique nouvelle revient frapper désagréablement Sergio. Mais il éloigne aussitôt cette pensée : il y songera au moment opportun.

Dans le sac de la défunte, en plus d'une carte d'identité italienne, les agents trouvent un passeport turc. Sergio parvient à y jeter un œil : la première porte une photo qui doit avoir au moins trente ans, le second un portrait plus récent. La femme est la même, mais le nom a l'air différent. Elle s'était probablement mariée en Turquie et avait pris le nom de son mari. La ville où le document a été délivré est Istanbul.

– Istanbul ! s'exclame Giovanna, sous le charme.

Elle est fascinée par cette ville ! Elle a toujours rêvé d'y aller, mais n'y est pas encore parvenue.

– Je m'en doutais, après la recette du sultan… fait remarquer Elena.

– C'est donc d'Istanbul qu'elle a envoyé ses lettres, commente Annamaria à mi-voix.

Le seul qui ne dit rien, c'est Giulio. Depuis qu'Elsa est morte, il n'a plus ouvert la bouche. Aucun de ses amis ne peut imaginer à quel point il est bouleversé. Se retrouver nez à nez avec la mort l'a choqué. À table, il était assis juste en face de l'invitée inconnue : il n'oubliera pas aisément ces yeux vitreux qui le fixaient sans plus le voir. Et lui qui ne s'était rendu compte de rien !

Pendant ce temps, les policiers leur demandent leurs papiers.

– Nous devons prendre vos coordonnées. Il ne s'agit que d'une formalité, explique l'agent barbu. J'ai tout de même le devoir de vous informer que, dans les prochains jours, vous pourriez être convoqués au commissariat pour une nouvelle déposition, ajoute-t-il d'un ton professionnel, comme s'il récitait par cœur un règlement. Puis il s'en va, avec ses collègues.

Leurs pas résonnent déjà dans l'escalier quand Giovanna repousse la porte, avant de s'y adosser de tout son poids, comme si elle voulait ainsi empêcher d'autres malheurs de s'engouffrer dans sa demeure. Elle ferme les yeux et soupire profondément. Son calme lucide de tout à l'heure commence à laisser place à une colère qui la surprend elle-même. Elle en veut à Elsa. La sympathie qu'elle avait immédiatement éprouvée pour elle cède la place à une déconcertante vague de rancœur, qui la submerge. Qui était donc cette femme pour faire violemment irruption dans la routine ordonnée de sa vie parfaite ? Que lui était-il passé par la tête pour quitter Istanbul, une ville que Giovanna ne connaît pas et qu'elle peine à imaginer, pour venir mourir là, dans sa cuisine ? Giovanna a le sentiment d'être cruelle et égoïste, et pourtant elle ne peut s'empêcher de formuler ces accusations muettes.

– Qu'est-ce que tu as ? lui demande Annamaria, remarquant le brusque changement d'humeur de son amie.

– J'ai de la peine, c'est tout, répond-elle, gardant pour elle ses véritables sentiments.

Elle devrait faire preuve de compassion pour cette pauvre femme qui a affronté un voyage éprouvant pour venir voir sa sœur et qui, au lieu de ça, est morte au milieu d'inconnus qui se racontaient leurs histoires sans faire attention à elle, en dévorant un plat de pâtes.

– Tu as raison, c'est vraiment une histoire triste, approuve Annamaria. Et quelle malchance ! Affronter ce voyage pour venir mourir dans la cuisine d'une étrangère… À quoi ça rime ?

On dirait presque qu'elle a lu dans ses pensées. Giovanna rougit malgré elle. Elle essaie de toutes ses forces d'afficher l'expression affligée qu'on attend d'elle, mais elle a du mal à effacer totalement cette rancœur qui bouillonne encore en son for intérieur. Comme si la mort d'Elsa avait profané non seulement son domicile mais aussi son existence lisse, lui révélant des taches qu'elle avait réussi à ignorer jusqu'alors.

– Tu te trompes.

Tout le monde se tourne vers Giulio : c'est lui qui a parlé. Il est enfin sorti de cette espèce d'étourdissement muet. Il regarde Annamaria.

– Qu'est-ce que tu veux dire ? lui demande-t-elle.

– Elle n'est pas morte dans la cuisine d'une étrangère. À ses yeux, cet appartement était resté celui où elle avait vécu il y a cinquante ans. Un lieu ami, bienveillant, familier. Que nous nous y trouvions ou qu'il y ait quelqu'un d'autre, pour Elsa, cela n'avait pas la moindre importance : l'essentiel, c'était d'être ici. Certains lieux ont la capacité de retenir les émotions, exactement comme un être humain retient son souffle. Puis ils les libèrent très lentement, et celui qui est en mesure de les percevoir les absorbe dans chaque cellule de son corps. Ainsi, on peut s'y sentir chez soi pour toujours.

Maintenant, tout le monde comprend que Giulio, hypersensible comme il est, vient de vivre une série de profondes émotions. Elena s'approche de lui et le prend dans ses bras.

– Reste la question de la sœur. Que va-t-on faire ? demande Annamaria, soucieuse.

– Et que veux-tu faire ? Elle va arriver d'un moment à l'autre, observe Leonardo.

– Quand elle sera là, nous lui expliquerons ce qui s'est passé avec tact, ajoute Elena.

– Les policiers ont pris son nom : ils ne peuvent pas la prévenir, eux ? interroge Annamaria, pleine d'espoir.

– Et comment ? J'ai donné son numéro de téléphone fixe, or Adele doit déjà être en chemin, maintenant, fait remarquer Giovanna.

– Pourquoi son téléphone fixe ? demande Sergio.

– C'est le seul numéro que j'ai.

– De toute façon, je pense qu'il vaut mieux que ce soit nous qui le lui disions, en personne. Ça me semble plus humain, intervient Giulio, qui a définitivement retrouvé sa voix.

– Plus humain ? répète Giovanna.

– Mais oui. Elle est sur la route et elle n'est plus toute jeune. Recevoir une nouvelle aussi terrible par un coup de fil de la police, c'est quelque chose que je ne souhaite à personne, confirme Elena.

– Bien sûr. Je posais la question comme ça, pour comprendre… s'excuse presque Annamaria.

– Elena a raison : quand Adele arrivera, l'un de nous lui annoncera la nouvelle avec toutes les précautions nécessaires, tranche Sergio.

Il sait déjà que « l'un de nous », ce sera lui. Giovanna n'est pas assez diplomate. Et puis, elle a un comportement étrange : quelque chose la préoccupe. Oui, c'est lui qui parlera à Adele, c'est décidé. Il se sent mal rien qu'à cette idée, mais il ne peut pas se défiler. Pour atténuer sa nervosité, il prend le plat contenant le rôti et le vide dans la poubelle. L'idée de le garder pour le manger plus tard lui retourne l'estomac.

– Tu n'aurais pas des gouttes de quelque chose ? Un calmant ? lui demande Leonardo.

– Oui, je dois avoir un flacon de Lexotan. Viens.

Sergio se dirige vers la salle de bains et son ami le suit. Ils laissent la porte entrebâillée derrière eux et s'enlacent.

Ne t'en fais pas, Leo, tout va bien. Tout va bien, murmure Sergio en le serrant contre lui.

Leonardo s'abandonne entre ses bras. Les voix des autres leur parviennent, étouffées, comme très lointaines, mais ils ne les entendent même pas. Leonardo cherche les lèvres de Sergio et l'embrasse passionnément.

Istanbul, le 4 mai 1971

Chère Adele,

J'ai de grandes nouvelles à te raconter.

La première te surprendra, ou peut-être pas. Je me suis mariée. Ender a joué avec moi comme le chat avec la souris, et il a fini par gagner. Il m'a courtisée, adulée et comblée de présents coûteux. Il a fait en sorte que Dario – consciemment ou non, je ne sais pas –, se fasse le messager de ses intentions, pour tâter le terrain. Ensuite, il est parti pour le Brésil de façon mystérieuse, sans dire au revoir, et quand il est revenu trois semaines plus tard, il a laissé s'écouler plusieurs jours avant de se manifester. Je me demandais déjà si quelque chose s'était produit qui l'avait incité à changer d'avis à mon sujet. Au fur et à mesure que le temps passait, l'incertitude l'avait rendu de plus en plus intéressant à mes yeux.

Non pas que cela ait interrompu ma vie de plaisirs. Je sortais presque chaque soir dîner, danser ou ne serait-ce que prendre un verre de raki dans un des nombreux bars de Bebek avec Dario et d'autres amis. Tous les jeudis après-midi, je me rendais au consulat où avait été aménagé, dans une salle un peu isolée, un petit salon réservé à l'Associazione Donne Italiane a Istanbul[1]*. J'y faisais essentiellement d'épuisantes parties de bridge avec un fidèle groupe de joueuses invétérées qui, tout en manipulant les cartes, échangeaient sur un ton nostalgique d'appétissantes recettes régionales italiennes. À présent je ne les fréquente plus, car aller au consulat n'est pas du tout pratique pour moi. Je le regrette un peu. J'avais rapidement appris à jouer et je m'en tirais bien.*

Mais surtout, j'avais ma petite cour d'admirateurs, parmi lesquels Bayram, beau comme un dieu, tenait le premier rang. Tout compte fait, c'était une routine plus qu'agréable, que le silence d'Ender ne gâchait en rien. Mais combien de temps cela aurait-il pu durer ? L'extrême précarité de ma situation ne m'a jamais échappé. Sans oublier le problème du logement, qui se faisait chaque jour plus pressant. Bien sûr, habiter chez Mme Vural était commode, puisque je ne payais rien, mais dissimuler mon antipathie à son égard devenait de plus en plus difficile, et la veuve avait commencé à me regarder de travers. Elle n'aurait pas tardé à me traiter avec la même hostilité que celle qu'elle réservait à ses belles-filles, c'est certain. Et tôt ou tard, elle aurait trouvé un prétexte pour me demander de chercher un autre toit.

C'était amusant de sortir avec Bayram, de se promener main dans la main dans l'air printanier, sous la

1. L'Association des femmes italiennes à Istanbul (NdE).

fraîcheur des tilleuls et des châtaigniers, en faisant semblant d'être fiancés. Quelquefois, un de ses oncles, aux mœurs dissolues, le mouton noir de la famille, lui permettait d'utiliser son appartement, un deux pièces dans le quartier de Pera. Nous nous réfugiions dans cet antre de célibataire rempli de miroirs et faisions l'amour sur un vieux canapé. Mais Bayram n'allait pas tarder à repartir pour New York afin de terminer ses études universitaires. Sa mère n'attendait que ça. Elle savait bien qu'après, nous ne nous reverrions certainement jamais plus.

La situation était donc celle-ci, il y a seulement un mois. Beaucoup de divertissements, de nombreuses dépenses, des amours destinées à finir comme mes finances et aucune perspective sérieuse. À part épouser un homme ayant aussi peu, sinon moins de scrupules que moi. Un homme, à sa façon, fascinant, mais dont je ne suis pas amoureuse.

Ma vie est en train de devenir un roman-feuilleton, tu ne trouves pas ?

Avec une fin tout à fait heureuse : la semaine dernière, Ender et moi, nous nous sommes mariés.

Quand il a demandé ma main, nous étions au restaurant. Il m'a emmenée dîner chez Rejans, un établissement très à la mode. Ender est un habitué et le serveur l'a accueilli avec mille attentions. J'ai eu l'impression qu'il avait fait exprès de m'inviter là, où il est connu et respecté : il voulait m'impressionner en faisant étalage de sa réputation. Quoi qu'il en soit, c'était un effort tout à fait inutile parce que, de toute façon, j'avais déjà pris ma décision. Alors que nous attendions le dessert, des pêches Melba, il a sorti de la poche de sa veste un petit écrin recouvert de velours bleu. À l'intérieur, un solitaire : de toute ma vie, je n'avais jamais vu de diamant aussi gros et étincelant. Ender a pris ma main gauche et glissé la bague à mon annulaire : elle m'allait à la perfection, comme s'il avait pris les mesures de mon doigt en cachette afin de ne pas se tromper. Je ne sais pas pourquoi, mais cette pensée m'a émue. Cette bague est encore plus précieuse qu'elle en a l'air. Depuis lors, je ne l'ai plus enlevée.

La cérémonie a somme toute été relativement sobre. Il y avait une centaine d'invités à la réception, pas davantage. De mon côté, aucun parent. Uniquement Dario. Ender a insisté pour que la fête ait lieu à l'hôtel Hilton, car c'est là que nous nous sommes rencontrés, à l'occasion des fiançailles d'un couple que, d'ailleurs, nous avons tous deux perdu de vue. Romantique, non ? Pour finir, Ender se révèle un mari attentionné.

Nous nous sommes installés dans une grande villa rouge donnant sur le Bosphore, à Bebek. Il l'a achetée exprès pour moi, aussi dans le sens où lui n'a guère le temps d'en profiter : comme je te l'ai déjà écrit, il voyage beaucoup pour son travail. C'est là une autre de ses qualités. Ne pas se voir souvent est le meilleur secret pour bien s'entendre.

C'est une demeure magnifique, avec de nombreux salons, chambres et salles de réception, et un vaste jardin derrière. De ma chambre à coucher, j'entends le clapotis de l'eau contre la jetée. L'autre nuit, je n'arrivais pas à dormir, et j'ai entendu la voix de deux pêcheurs arrêtés juste sous ma fenêtre. Leur conversation n'était guère plus qu'un murmure et je ne comprenais pas bien ce qu'ils disaient, mais on aurait dit que l'un racontait à l'autre une histoire. Peu à peu, je me suis endormie.

L'intendance de la maison est entre les mains d'une vieille gouvernante qu'Ender connaît depuis l'enfance. Je ne suis pas certaine de lui être sympathique, mais cela m'est égal. Et puis, naturellement, nous avons une excellente cuisinière, une femme de chambre et un chauffeur.

Hier, je me suis fait conduire par Murat, notre chauffeur, à Sultanahmet, au Grand Bazar. Je voulais m'offrir un bijou traditionnel turc, et j'ai fini par en trouver un : un bracelet en filigrane d'or orné de turquoises et de rubis bruts. Ensuite, j'ai demandé à Murat de m'accompagner place Taksim. J'avais rendez-vous avec Dario dans un salon de thé d'une rue avoisinante. Maintenant que je n'habite plus à Beyoğlu, nous ne nous voyons plus aussi souvent qu'auparavant. Sa compagnie me manque, et je le lui ai dit. Nous nous sommes quittés en nous promettant de nous voir plus fréquemment.

J'ai fini mon papier à lettres, et apparemment j'ai oublié d'en faire acheter, alors je suis obligée de m'arrêter là. Mais je voudrais d'abord te poser quelques questions.

Que fais-tu ? À quoi passes-tu tes journées ? T'es-tu remariée ? Ne crois pas que j'aie cessé de penser à toi : à chaque instant de ma vie, le vide que tu as laissé en moi m'accompagne.

Donne-moi de tes nouvelles, ça changera un peu. Ce monologue commence à me fatiguer.

Avec une affection immuable, malgré tout,

Ta sœur

– Je vous prie de m'excuser mais, avant d'entrer, il faut que je vous demande une faveur : j'aimerais parler seule à seule avec ma sœur. Où est-elle ?, demande Adele Conforti, visiblement anxieuse, alors qu'elle atteint enfin le palier.

Elle a une voix aiguë, presque de fillette. Elle a monté l'escalier avec la détermination d'une alpiniste, sans jamais s'arrêter, avec une lenteur maîtrisée, et elle n'est même pas essoufflée. Elle doit être plus âgée qu'Elsa, mais sa santé physique est nettement meilleure, pense Sergio. À l'époque de la vente, elle avait soixante-quatorze ans, donc elle doit en avoir maintenant au moins soixante-seize. Impeccable dans son tailleur pantalon gris taupe en lin et sa chemise à la coupe masculine, elle a une épaisse chevelure grise coupée court, dont pas un cheveu ne dépasse. Elle a les mêmes yeux que sa sœur, mais avec une expression plus rusée. Comme si la vie lui avait donné une leçon dont elle a tiré tous les enseignements.

Avec tout ce qui s'était passé, quand l'interphone a sonné, personne ne pensait plus à elle. Giovanna finissait de débarrasser, aidée de Giulio et Elena. Annamaria s'était affalée sur une chaise et se plaignait d'un pénible mal de dos. Quand la sonnerie avait retenti, tout le monde avait sursauté.

– Ça doit être la sœur ! Mme Conforti… Sergio, où es-tu passé ? avait hurlé Giovanna, déjà prise de panique.

Plus qu'une question, cela semblait un appel à l'aide.

– J'arrive, pas besoin de crier.

Sergio a surgi du couloir, il avait l'air bizarre. Derrière lui, Leonardo avait les joues rouges et les cheveux humides, comme s'il venait de se rafraîchir le visage. Giovanna fait mine de ne pas remarquer leurs regards fuyants à tous deux.

– Leonardo m'a demandé un calmant : même s'il ne veut pas le montrer, il est très secoué. Je lui ai donné quelques gouttes de Lexotan : je me suis souvenu que nous en avions encore un flacon dans la salle de bains, lui murmure Sergio à l'oreille, avant de répondre à l'interphone.

Giovanna sait que son mari lui ment. Hier justement, elle a passé en revue le contenu des étagères et placards de la salle de bains. Elle a jeté bon nombre de tubes de gel après-rasage vides et plusieurs boîtes de médicaments périmés. Y compris un flacon de Lexotan. Ou peut-être pas : elle s'autorise à douter.

Elle a appris à ne plus être aussi sûre d'elle que par le passé.

Ce n'est pas la première fois que Sergio lui ment mais, malgré tout, elle préfère continuer à le croire. Autrement, elle devrait commencer à se demander pourquoi il le fait.

– Du Lexotan ? Ah bon ? s'est-elle étonnée.

Mais il ne l'a même pas entendue. Il est déjà sur le palier pour accueillir leur invitée.

Maintenant qu'Adele Conforti est arrivée, que vont-ils lui dire ? Sergio semble avoir pris la triste responsabilité de lui annoncer la mauvaise nouvelle, ce dont Giovanna lui est immensément reconnaissante.

Immobile sur le seuil de la cuisine, la femme regarde autour d'elle, interdite.

– Je vous en prie, entrez, intervient Giulio en l'escortant vers une chaise, avec des manières cérémonieuses.

Contrairement à sa sœur, Adele ne semble pas avoir l'habitude de sourire beaucoup : elle ne se départ pas d'une expression glaciale. Sa peau, marquée par le temps, est tendue autour de ses yeux maquillés de fard clair, et sa bouche est une fine ligne rouge. Elle passe une main dans ses cheveux.

– Ça alors, vous en avez changé, des choses : je ne reconnais plus mon ancien chez-moi ! s'exclame-t-elle d'un ton brusque.

Cependant, on ne saisit pas si cette nouvelle version de l'appartement reçoit son approbation ou non.

Comme toujours quand elle est mal à l'aise, Giovanna éprouve le besoin fébrile de faire quelque chose, de s'occuper les mains.

– Je peux vous offrir… un café ? propose-t-elle.

– Plutôt qu'un café, madame voudrait peut-être quelque chose de fort, un cognac, par exemple… intervient maladroitement Giulio.

Adele Conforti les dévisage, stupéfaite : pourquoi devrait-elle avoir besoin de quelque chose de fort ? Les regards fuyants et inquiets de ces jeunes gens qui s'agitent autour d'elle semblent lui inspirer un mauvais pressentiment. Aussi esquisse-t-elle un faible geste d'assentiment.

Heureusement que j'ai toujours à la maison quelques bouteilles d'alcools forts pour les invités, pense Giovanna qui n'en boit jamais.

– Tu vas le chercher, Sergio ? Moi je ne fais pas la différence entre le whisky et le cognac… lui dit-elle à mi-voix.

D'un geste décidé, il attrape sur la plus haute étagère une bouteille ornée d'une belle étiquette et verse deux doigts de liquide ambré dans un petit verre en cristal. Pendant ce temps, Giovanna cherche quelque chose pour accompagner l'alcool : il ne manquerait plus qu'après avoir fait une telle annonce à Mme Conforti, ils l'enivrent ! Heureusement, elle a aussi quelques bonbons au chocolat : l'idéal pour accompagner le cognac, tranche-t-elle, réconfortée. Réaliser des gestes parfaitement maîtrisés et efficaces, dont elle connaît déjà les effets, lui procure une profonde sensation de solidité et de tranquillité. La perspective de remplir son rôle de maîtresse de maison d'une façon irréprochable a aussitôt le pouvoir de la calmer.

– Où est Elsa ? demande Adele en regardant autour d'elle, de plus en plus alarmée. Elle est partie ?

Ça y est, elle s'est rendu compte que sa sœur n'est pas là. L'instant tant redouté est arrivé. Sergio prend un tabouret et s'assied près d'elle. Adele est petite et menue, alors qu'il est grand et musclé. Même assis, il la domine, mais au moins il peut la regarder dans les yeux. Il a lu un jour que, lorsqu'on doit donner une nouvelle pénible, il est important de garder le contact visuel avec son interlocuteur. Cela permet de limiter les réactions irréfléchies qui sont justement, en ce moment, ce qu'il craint le plus. Par exemple que Mme Conforti éclate en sanglots ou soit prise d'une crise d'hystérie. Intérieurement, il prend encore son temps, mais il sait que le moment est venu.

– Oui, dans un sens, elle est partie… Elle nous a quittés. Pour toujours.

Ça lui est venu comme ça, presque comme un jeu de mots, et avant même d'avoir fini de parler, il en a déjà honte.

La femme est pétrifiée. Elle a blêmi. La ligne rouge de ses lèvres est tendue comme un câble électrique à haute tension. Maintenant elle fait vraiment son âge, et même quelques années de plus. Elle tourne légèrement la tête et regarde par la fenêtre. Comme sa sœur l'avait fait. Puis elle prend le verre de cognac d'une main hésitante et en avale une bonne gorgée.

– Que lui est-il arrivé ? finit-elle par demander d'une voix altérée, fragile, tout en continuant à fixer un point, quelque part de l'autre côté de la vitre.

– Nous étions tous attablés ici, quand soudain son cœur a cessé de battre.

Sergio essaie de choisir ses mots avec soin, mais c'est terriblement difficile.

– Nous bavardions de tout et de rien, elle riait et plaisantait avec nous. Elle nous avait parlé d'une recette pour cuisiner les aubergines... Et puis quelqu'un, Annamaria je crois, a remarqué que... qu'elle ne respirait plus.

– Je pense qu'elle ne s'est rendu compte de rien, intervient Annamaria, qui s'est sentie interpellée, sur un ton plein de compassion.

– C'est juste, confirme Sergio. Alors notre amie Elena, ici présente, qui est médecin, est intervenue aussitôt et a tenté de la ranimer. Malheureusement, il n'y a rien eu à faire : le cœur s'était arrêté.

– Prenez un chocolat, ils sont délicieux ! interrompt Giovanna en lui tendant la boîte.

Le tact n'est pas son fort et tous les autres lui font les gros yeux. Pourtant, cette formule toute faite semble produire un effet vivifiant sur Adele, qui sort de l'état de stupeur dans lequel elle était plongée. Elle ôte le papier d'un chocolat avec soin et porte la friandise à ses lèvres.

– Très bon, merci, répond-elle machinalement, retrouvant la maîtrise d'elle-même. Vous avez appelé une ambulance ? Elle est arrivée rapidement ? s'enquiert-elle.

– Bien sûr ! C'est la première chose que j'ai faite. Dès qu'Elena a dit qu'elle ne respirait plus et que le cœur s'était arrêté, j'ai immédiatement composé le 118 et, dix minutes plus tard, les secours étaient là.

– Heureusement. Nous n'habitons pas loin de l'hôpital, vous le savez… ajoute Giovanna.

– Et ils avaient tout l'équipement nécessaire pour la ranimer, précise Sergio.

– Parfois, cinq minutes de retard peuvent faire la différence… fait observer la femme d'une voix glaciale.

Elena lui explique à nouveau comment cela s'est passé : ses connaissances lui permettent d'entrer davantage dans les détails, elle a recours à des termes techniques et ronflants qui ont l'air de faire mouche sur Adele qui, bien qu'affectée, paraît légèrement soulagée. Elena est médecin, elle a l'habitude de parler aux familles des patients. Elle sait communiquer les mauvaises nouvelles.

– Peu avant de mourir, votre sœur a demandé un verre d'eau pour prendre un médicament. Je pense qu'elle était malade, conclut-elle.

– Je vois.

– Mais je peux vous assurer que lors des derniers instants de sa vie, elle n'a donné à aucun d'entre nous l'impression de souffrir. De temps en temps, elle semblait un peu confuse, c'est vrai, mais à part ça elle était joyeuse, vive et… intervient Sergio.

– Où l'ont-ils emmenée ? l'interrompt Adele.

– À la chambre mortuaire de l'hôpital Fatebenefratelli, sur l'Isola Tiberina. Si vous voulez, je vous y accompagne.

– Non, ne vous dérangez pas. Je ne veux pas la voir.

Tous la fixent, incrédules.

– Vous savez, en tant que sa plus proche parente, vous devrez de toute façon y aller tôt ou tard, fait remarquer Elena, pragmatique. La police va vous chercher. J'imagine qu'il va aussi falloir récupérer ses effets personnels. Votre sœur avait un sac à main.

– Je ne voulais pas dire que je ne veux plus jamais la voir, tente d'expliquer Adele. Je suis venue ici exprès ! Mais pour la voir vivante…

Sa voix se brise. Soudain, elle a les yeux rouges. Elle sort un mouchoir blanc de son sac et se mouche à plusieurs reprises.

– Savoir qu'elle se trouvait ici à Rome, dans mon ancien appartement, et que j'allais la revoir, m'a déjà bouleversée. Mais l'idée de la voir morte… Je ne crois pas en avoir la force. Pas tout de suite. Pas toute seule. Je vais attendre mon fils. Aujourd'hui il n'est pas là, mais il revient demain : je lui demanderai de m'accompagner.

– Bien sûr. Mais vous n'avez pas à vous justifier auprès de nous, il ne manquerait plus que ça, observe Sergio.

Adele boit une autre gorgée de cognac. Son regard s'attarde sur le verre presque vide, on dirait qu'elle y cherche quelque chose, peut-être du courage.

– Vous ne pouvez pas imaginer ce que j'ai ressenti quand vous m'avez téléphoné pour me dire qu'elle était ici. C'était… C'était… C'était comme si une trappe s'était ouverte au-dessus de ma tête et que mon passé tout entier, que j'avais caché dans le grenier, m'était tombé dessus.

Elle continue à fixer son verre, comme si elle contemplait un tas de décombres. On ne sait pas trop à qui elle parle. Sans doute à elle-même.

– Elsa était partie. Cela s'est passé il y a très longtemps, de nombreuses années se sont écoulées. Je me rappelle à peine son visage – un visage qui, de toute façon, aurait été très différent aujourd'hui… et qui, maintenant, n'est plus.

Après une longue pause, pendant laquelle nul ne souffle mot, elle reprend la parole :

– Je savais qu'elle vivait à Istanbul, c'est tout. Pour moi, c'était bien comme ça. Ne rien savoir, je veux dire. Autrement, aujourd'hui, ce serait pire. Bien pire. Autrefois, nous étions inséparables, et puis ça a changé. Nous avons fait des choix différents.

Elle se tait et son regard inquiet erre à travers la pièce, avant d'être à nouveau aspiré par la fenêtre.

– Ici même… murmure-t-elle, parlant toute seule. C'est ici que le monde s'est écroulé devant mes yeux. Depuis lors, je vis en apnée, comme si je manquais d'air…

Elle voudrait en dire davantage mais quelque chose, peut-être les mailles serrées d'une éducation rigide – ne jamais se laisser aller devant des étrangers –, la freine. Qui sait depuis combien de temps une puissante vague d'émotions menace de la submerger, mais Adele la repousse en arrière, à l'aide d'une gorgée de cognac. L'impassibilité de cette femme, que Sergio et Giovanna ont connue au moment de l'achat de l'appartement, ne semble plus à présent qu'un masque.

La sonnerie d'une notification vient apaiser la tension. Machinalement, Annamaria, Leonardo, Elena et Giulio vérifient leurs téléphones respectifs. C'est Elena qui a reçu un message, mais elle ne répond pas. Rappelée à la réalité, Adele Conforti regarde sa montre.

– Ma présence ici n'a plus de sens. Il vaut mieux que je m'en aille, dit-elle en faisant un geste pour se lever.

– Ne vous pressez pas. Vous avez subi un traumatisme qu'il ne faut pas sous-estimer. Restez encore un peu, l'invite Sergio.

– Moi aussi, je pense que vous feriez mieux d'attendre un peu avant de vous remettre en route. Et je vous le dis en tant que médecin, insiste Elena.

– Vous êtes chez vous, après tout, l'encourage Giovanna.

– Et vous êtes avec des amis ! ajoute Giulio.

– Malheureusement, nous avons à peine eu le temps de connaître votre sœur, mais elle nous a semblé une personne hors du commun. À l'évidence, elle vous était très attachée. Et elle était vraiment impatiente et inquiète à l'idée de vous revoir. Toutes ces années de silence entre vous… Mais pourquoi ? interroge Annamaria.

C'est la plus sincère du groupe. Tous frémissent de curiosité à l'idée de connaître l'histoire de ces deux sœurs si différentes et pourtant, à l'évidence, liées par des événements qui ont marqué leurs existences de manière irréversible. Mais seule Annamaria a l'impudeur de le dire. Comme si porter la vie la rendait courageuse. Et c'est donc avec un soupçon d'inconscience qu'elle a exprimé une curiosité que les autres se limitent à formuler en pensée. Cependant, maintenant qu'Annamaria a déchiré le voile de la retenue, eux aussi sortent à découvert.

– Mais oui, pourquoi ? Que s'est-il passé, dans cet appartement ? Car c'est la question, n'est-ce pas ? intervient Giovanna. Cet appartement – notre appartement – a joué un rôle important dans votre éloignement. Je me trompe ?

– Notre appartement, répète à voix basse Sergio.

Lui aussi commence à soupçonner que leur habitation a été le théâtre de quelque chose de terrible, de nombreuses années auparavant. Et si c'est le cas, tous deux ont le droit de savoir. Il se sent entraîné dans une histoire dont il ignore tout, ce qui ne lui plaît pas. Vu ce qui s'est produit, Mme Conforti pourrait au moins leur fournir une explication. C'est le minimum qu'elle puisse faire.

– Il faut que j'y aille. C'est une affaire privée, déclare la femme en se levant brusquement.

Elle prend son sac et se dirige vers la porte, avant de s'arrêter net. Son regard s'attarde sur la table, où sont restées les lettres d'Elsa. Après un instant d'hésitation, elle se tourne lentement vers eux. Elle capitule et retourne s'asseoir.

– D'accord, je vais vous raconter notre histoire. Mais d'abord, il faut que vous me promettiez quelque chose.

Tous la fixent, intrigués, ce qui semble lui faire plaisir.

– Rien de ce que je vais vous dire ne devra sortir de cet appartement.

Istanbul, le 3 août 1973

Chère Adele,

Je ne sais même pas pourquoi je t'écris à nouveau. C'est peut-être pour moi-même que je le fais. Ton silence me blesse, mais il ne m'arrête pas. Je ne sais pas si tu liras ces mots, et pourtant, pendant que je les écris, c'est comme si tu les lisais déjà. C'est une sensation que je ne saurais t'expliquer, mais de toute façon peu importe, car tu es la seule personne qui puisse me comprendre. En ce moment, nous sommes à nouveau seules toi et moi dans notre cachette, à l'ombre du buisson de laurier. Je parle à voix basse, je te raconte un rêve qu'en réalité je n'ai jamais fait. Je l'invente pour te faire plaisir, et toi tu ouvres grand les yeux, et tu me demandes : « Et après ? Et après, qu'est-ce qui s'est passé ? »

Mais ça, c'était dans une autre vie.

À présent, j'ai tellement de choses à te raconter que je n'ai pas besoin d'inventer quoi que ce soit. Et cette nuit, j'ai rêvé de toi, pour de vrai. Nous étions sur la jetée qui avance dans les eaux perfides du Bosphore, devant la villa de Bebek. Nous portions les mêmes robes que la dernière fois où nous étions ensemble, et nous marchions pieds nus, en nous tenant par la main. Puis tu as lâché ma main, tu as fait deux pas vers le bord de la jetée et tu as plongé. Moi, j'étais pétrifiée. Je voulais t'avertir que c'était une folie, mais je n'arrivais pas à parler. Ma bouche, pourtant grande ouverte, n'émettait aucun son. À cet endroit il y a beaucoup de courant et ta robe entravait tes mouvements. Néanmoins, tu continuais à te démener, comme si tu cherchais à rejoindre la rive opposée à la nage, jusqu'à ce que, tout à coup, tu disparaisses. C'est à ce moment seulement que j'ai retrouvé ma voix, et je me suis mise à hurler. C'est ainsi que je me suis réveillée. La pendule sur ma table de chevet indiquait sept heures et demie du matin.

Cela s'est produit il y a trois heures, mais la sensation d'horreur que j'ai éprouvée dans mon sommeil ne s'est pas encore dissipée. Elle a des racines anciennes, il n'est pas facile de s'en débarrasser. C'est la douleur de la séparation qui revient me déchirer l'âme dès que je baisse la garde, transformant mes rêves en cauchemars sans issue. La même douleur qui, dès que je rouvre les yeux, me donne l'illusion que tu es de nouveau à mon côté. Où es-tu ? Je me le demande avec l'angoisse de ceux qui ne peuvent accepter l'abandon. Je te cherche dans ma chambre, et j'ai presque l'impression de te voir : dans la brosse près du miroir, dans la petite cuillère avec des traces de rouge à lèvres oubliée sur la table de chevet, dans le livre laissé ouvert sur un poème d'amour, dans mon parfum préféré, qui était aussi le tien.

Pour le petit déjeuner, j'ai pris un thé à la turque très fort, du pain, de la feta, des olives et du miel. Plus tard, j'irai dans le centre faire quelques courses. Ainsi la vie continue, et la lumière du jour enterre les peurs et les fantômes de la nuit.

Cet après-midi, Kemal, un ami, viendra me chercher. Il a une décapotable américaine rouge flamboyant, une Chevrolet Corvette Stingray. Je connais ce nom uniquement parce qu'il passe son temps à s'en vanter. C'est son point faible. Cela dit, je dois t'avouer que foncer dans ce bolide voyant me plaît, à moi aussi. Parfois, nous allons nous promener sans but, le vent nous ébouriffant les cheveux. Nous ne nous le sommes jamais dit, mais je sais que nous jouissons tous deux des regards admiratifs et envieux des passants. En ces occasions, j'arbore de grandes lunettes de soleil et une capeline retenue par un foulard coloré, et je me prends pour une diva d'Hollywood.

Tu te demandes sûrement où est passé mon mari. Eh bien, c'est simple : il y a six mois environ, Ender et moi avons divorcé. C'était inévitable. Pendant un an, les choses entre nous ne se passaient pas mal du tout, mais ensuite il s'est mis à être jaloux et à me faire des scènes. À la vérité, je dois avouer que, depuis le début, je sentais que cela n'allait pas durer. Ce n'était pas l'homme qu'il me fallait. Parfois, je me dis que plus jamais je ne trouverai le bon. Trouver le véritable amour est une chance qui n'arrive qu'une fois dans la vie. Et souvent, ce n'est pas une chance, mais plutôt une malédiction. Tu sais de quoi je parle. Une irrésistible malédiction.

Ender n'était pourtant pas un mauvais mari. Tant qu'il voyageait presque continuellement, j'aurais même pu le supporter, mais ensuite il s'est mis à espacer ses départs, à imposer la présence de sa mère et de sa sœur célibataire chez nous, et à réclamer que je lui donne un enfant.

J'ignore comment il a réussi à se forger une réputation d'aventurier jouisseur et ouvert d'esprit. Au quotidien, il s'est révélé un homme plutôt prévisible, traditionnel et attaché à ses habitudes. D'un ennui mortel. Au bout de presque deux années avec lui, un an et huit mois pour être précise, j'ai atteint le point de saturation : je ne l'aurais pas supporté un jour de plus. J'ai fait ma valise et je suis partie. C'est devenu ma spécialité, maintenant.

Le plus difficile, ça a été de quitter la villa de Bebek, le jardin que j'ai tant aimé, les terrasses donnant sur l'eau scintillante du Bosphore. Mais Ender ne m'a pas laissé le choix. Quant aux mauvaises langues qui insinuent que c'est lui qui m'a chassée, elles ne colportent que de vulgaires mensonges. Mon mari m'a suppliée à genoux de rester. Je n'aurais pas demandé mieux si lui était parti, mais malheureusement, ça, ça n'a jamais été une option. La villa était à son nom, les meubles, les voitures, l'argent, tout était à lui. Ender est une grosse araignée poilue qui conserve son trésor au milieu d'une solide toile. Toutefois, et ce malgré mes craintes initiales, je dois dire qu'il a su faire preuve de générosité. Maintenant, je suis une femme libre. Libre, aisée et désireuse de me divertir.

J'ai pris une chambre au Büyük Londra Hotel à Tepebaşi, pas loin de la place Taksim. C'est un arrangement temporaire, mais qui convient parfaitement à mon humeur. Je me sens comme un marin resté trop longtemps dans un même port : j'ai enfin repris la mer.

Aujourd'hui, Kemal va m'emmener dans son yalı *de famille. Ce sont de vieilles maisons ottomanes en bois, construites juste au bord de l'eau, le long du Bosphore. Au fil du temps, elles ont su garder intact tout leur charme. Un peu comme les hammams, tu sais, les bains turcs, la version byzantine des thermes romains. C'est une tradition très ancienne qui a survécu à travers les siècles bien que, ces derniers temps, elle se perde un peu. Pour les musulmans, la propreté est quelque chose de fondamental et, avant de prier, les fidèles se purifient. Les hammams que je préfère sont ceux de quartier, petits, cachés. Autrefois, quand la plupart des maisons étaient dépourvues d'eau courante et d'installations sanitaires, ils étaient très fréquentés. Ils avaient une fonction sociale : on s'y donnait rendez-vous, et on pouvait même y manger. Maintenant, ils sont souvent à l'abandon. Un jour, je suis tombée par hasard sur un hammam qui fonctionnait encore. Je me suis avancée pour y jeter un coup d'œil, mais ça devait être l'entrée des hommes, car un vieillard m'a invitée à sortir d'un ton sévère. J'ai juste eu le temps d'apercevoir un coin du vestibule, après le hall. De l'eau jaillissait d'une petite fontaine en pierre au milieu de la pièce.*

Le yalı *de Kemal doit être magnifique. Il se trouve à Kanlı ca, sur la rive asiatique du Bosphore. Nous y resterons pour le week-end et peut-être même un peu plus. Je suis impatiente d'échapper à la chaleur étouffante qui m'accable depuis des jours : par rapport à la ville, le climat est toujours plus frais et aéré sur le Bosphore, c'est un délice.*

Voilà, j'avais commencé cette journée mal disposée, mais t'écrire m'a remonté le moral. Tu as bien fait de venir me voir en rêve, bien que – avoue-le – tu aies choisi un moyen bien inquiétant de le faire. Si tu ne m'étais pas soudain apparue, je n'aurais pas pensé aussi intensément à toi. Je me serais réveillée, comme d'habitude, avec la pensée mélancolique de ton absence pour me tenir compagnie. Ma journée aurait été plus triste.

Tout à l'heure, j'ai presque cru entendre ta voix qui m'appelait dans le couloir de l'hôtel : j'ai ouvert la porte, le cœur battant, mais c'était simplement deux amies qui se dirigeaient vers l'ascenseur. Aussi fou que cela puisse te paraître, je n'ai pas éprouvé de déception. Parce que c'était quand même un signe. Un signe de ta présence.

Je promets de ne plus laisser passer autant de temps avant de te donner de mes nouvelles. Mais toi aussi, dis-moi ce que tu deviens.

Ta sœur

– Quand nous étions enfants, ma mère avait la manie de nous habiller de la même façon. C'était une pratique assez répandue, qu'elle avait adoptée avec une ferveur fanatique. Les mêmes robes à fleurs et nids-d'abeilles, les chemisiers brodés, les robes-chasubles pied-de-poule, les socquettes blanches, les petites chaussures vernies à brides... Même les cheveux, elle nous les faisait couper pareil, mi-longs, avec une frange, même si les miens avaient tendance à frisotter, alors que ceux d'Elsa tombaient raides comme des fils de soie. Nous souffrions toutes les deux de cette négation permanente de nos identités respectives. C'était comme porter un uniforme. De notre côté, nous n'avions pas besoin de nous voir ainsi identiques pour avoir conscience d'être liées par des sentiments profonds.

« Le fait est que tout le monde nous prenait pour des jumelles. Et puis nous avions la même taille : j'avais deux ans de plus, mais Elsa avait eu vite fait de me rattraper. Il y a une photo où nous posons devant un rosier, dans le jardin. Nous portons de légères robes d'été, ornées d'un volant en bas et avec des manches bouffantes, évidemment identiques. Nous nous tenons par la main et regardons droit vers l'objectif, nous forçant à garder une expression sérieuse : maman ne voulait pas que nous riions, elle considérait toute manifestation de plaisir comme un péché. Pourtant, sur cette photo, nos yeux brillent. Derrière l'objectif, il y avait notre père. Nous l'adorions.

Adele Conforti se tait et fixe un motif du tapis. Elle semble perdue dans ses souvenirs. Ils viennent de passer au salon, Sergio l'a invitée à prendre place dans son fauteuil préféré, le plus confortable, et tout le monde est assis autour d'elle, qui sur le canapé, qui sur une chaise, qui par terre, appuyé sur un coussin. À présent, ils sont suspendus à ses lèvres, mais elle n'a pas l'air de s'en apercevoir. Elle se passe encore une fois la main dans les cheveux, puis contemple la bague qu'elle porte à l'auriculaire. Elle prend son temps. En son for intérieur, mille doutes se bousculent. Veut-elle véritablement révéler son secret à ces gens, ces complets inconnus ? Jusqu'où s'aventurera-t-elle dans le récit d'une vérité qu'elle tente de cacher depuis cinquante ans, y compris à elle-même ?

Un portable sonne. C'est celui de Giulio.

– Salut maman, non, on est encore chez Sergio et Giovanna… d'accord. Oui, mais là je dois te laisser, je suis occupé. Je ne peux pas parler… je te raconterai plus tard.

Giulio raccroche. Il est gêné.

– Je suis désolé, c'était ma mère. Elle n'a plus toute sa tête et elle n'arrête pas de m'appeler, mais maintenant j'ai mis mon téléphone en mode silencieux, on ne sera plus dérangés, se justifie-t-il hâtivement.

Il sourit à Adele, en trahissant une certaine appréhension. Elle n'est plus toute jeune non plus : peut-être l'a-t-il vexée ? Il espère ne pas avoir interrompu le fil de ses souvenirs. Mais la femme lui sourit en retour : elle sent en Giulio une attention respectueuse qui l'invite à poursuivre, une gentillesse qui ne juge pas mais qui écoute.

– Nous habitions en province, juste à la sortie de Viterbe. Papa était instructeur militaire à l'école des sous-officiers. Avec ses élèves, il avait une poigne de fer, mais en famille, il n'était que douceur. Même trop : le caractère inflexible de ma mère l'écrasait. Peut-être était-ce aussi pour cette raison qu'il était souvent absent, nous laissant totalement à la merci de cette femme difficile et tourmentée avec laquelle, au fil du temps, il avait découvert ne rien avoir en commun, à part nous.

« Grande et maigre, le nez droit sur un visage émacié, maman était sévère et à la limite de la cruauté. Elle avait sur tout le monde une influence néfaste. Y compris sur elle-même, puisqu'elle souffrait régulièrement d'atroces migraines. Ses crises pouvaient se déclencher à n'importe quel moment. Alors elle s'enfermait dans sa chambre – nos parents faisaient chambre à part –, allongée sur son lit, dans le noir. Si déjà, en temps normal, elle était extrêmement sensible aux bruits, dans ces périodes-là, qui pouvaient durer des jours, elle ne voulait pas entendre une mouche voler. L'écho d'un rire, le craquement d'une marche, le léger à-coup d'un tiroir qui se refermait, tout lui était insupportable. Alors Elsa et moi marchions pieds nus, allions nous terrer le plus loin possible d'elle, et communiquions entre nous par le langage des signes ou en nous parlant tout bas à l'oreille. Nous vivions dans la crainte permanente qu'elle puisse nous entendre. Je ne sais pas dans quelle mesure ces maux de têtes étaient réels ou le fruit de son inaptitude au bonheur. Ma mère avait banni la joie de sa vie et, par conséquent, de la nôtre aussi.

« Elsa et moi avons vite appris que la seule manière de survivre était de nous soutenir l'une l'autre. L'amour que nous ne trouvions pas en famille, nous le cherchions dans les jeux que nous inventions, dans les histoires que nous nous racontions. Nous avions un lieu secret rien qu'à nous dans le jardin, une cachette derrière une grande haie de laurier. À la belle saison, nous nous réfugiions là et pouvions y passer des heures. De toute façon, nul ne venait nous chercher. Pour maman, ne pas nous avoir dans les pattes était un soulagement. Peu lui importait où nous étions, pourvu que nous ne l'agacions pas avec nos bavardages importuns.

« Un jour où, comme d'habitude, nous étions cachées derrière les feuilles de laurier de la haie qui délimitait notre jardin, occupées à remplir une petite assiette de terre que nous donnions à manger à nos poupées, Elsa s'est brusquement interrompue, comme lorsqu'une de ses idées géniales germait dans son esprit.

« – On va faire un pacte ! m'a-t-elle proposé.

« – Quel pacte ? ai-je demandé distraitement, tout en essayant d'attraper un papillon jaune qui s'était faufilé derrière une feuille.

« – Ne jamais nous séparer, de toute notre vie, m'a-t-elle répondu, sérieuse, avec un filet de voix. Et nous aimer. Toujours.

– Et pourtant, vous ne vous êtes plus vues pendant cinquante ans. Comment cela a-t-il pu se produire ? murmure Annamaria.

Tout le monde se retourne pour la regarder.

– Ma chère, ta remarque est tout à fait juste, observe Adele. Tu es encore jeune, et tu ne sais pas que la vie parfois semble s'amuser à démentir nos promesses les plus solides. Et cet après-midi-là, crois-moi, ma sœur et moi étions convaincues que nous serions vraiment ensemble pour toujours. Cachées dans notre haie, nous nous sommes serré la main à l'envers deux fois, selon un petit rituel que nous avions inventé. Nous nous sentions comme deux jeunes guerrières chargées d'une mission secrète. Nous avions dix et douze ans, la vie nous paraissait être un jeu. Quoi qu'il en soit, pendant longtemps, notre pacte a fonctionné, nous rendant toujours plus fortes, jusqu'à ce qu'il soit mis à l'épreuve.

« Les années ont passé, d'enfants nous sommes devenues adolescentes puis jeunes femmes, et le lien qui nous reliait était plus fort que jamais. Les migraines de maman ont empiré, ainsi que sa mélancolie, tandis que la présence de mon père se faisait de plus en plus rare. Mais nous, nous continuions à être là l'une pour l'autre. Cependant, on ne nous prenait plus pour des jumelles : nos personnalités étaient en train d'éclore. Autant Elsa était idéaliste, avec toujours mille idées et projets en tête, mais en même temps timide et manquant d'assurance en public, autant moi j'étais concrète, extravertie et déterminée à tirer le meilleur parti de la vie.

« À vingt ans, j'ai découvert ce qui, à cette époque, pouvait changer le destin d'une femme, en faisant son bonheur. Ou son malheur. Soudain, j'étais devenue belle. Les hommes me regardaient. Me désiraient. J'avais sur eux un pouvoir étrange et excitant. Je ne veux pas dire par là qu'Elsa n'était pas belle, loin de là. Mais, contrairement à moi, elle ne le savait pas encore. Avec le recul, je crois que c'est cela qui a provoqué la première brèche dans la forteresse que nous nous étions construite.

« Fidèle à sa propension à la souffrance, notre mère menait une vie retirée. En revanche, mon père, qui entre-temps avait fait carrière au sein de l'école de sous-officiers, était souvent invité à des événements publics et à des fêtes. Ainsi, quand Elsa et moi avons eu l'âge approprié, c'est à nous qu'est revenu le rôle d'accompagnatrices officielles de papa. Nous avions enfin l'occasion d'abandonner l'atmosphère sinistre que nous respirions entre les murs de notre maison pour plonger dans un monde léger fait de commérages innocents, de boissons fraîches, de pâtisseries, de musique et de danses en couple (avec distances bienséantes et sous la surveillance stricte des adultes). Dès que nous sortions de chez nous, mon père aussi semblait renaître. Au début, maman avait tenté de nous empêcher d'aller à ces fêtes, qu'elle jugeait impies. Mais, réflexion faite, puisque grâce à nous elle se débarrassait ainsi définitivement du souci d'y aller elle-même, elle avait fini par abdiquer. Naturellement, nous avions dû renouveler notre garde-robe, afin de ne pas faire piètre figure en société : Elsa et moi nous évertuions à copier, avec l'aide d'une jeune couturière talentueuse, des robes photographiées dans des revues de mode.

« Alors, nous étions indiscutablement différentes, mais toujours inséparables. Que ce soit pour nous rendre à une réception, ou simplement pour aller manger une glace en ville, nous sortions toujours ensemble. Les gens avaient tellement pris l'habitude de nous voir arriver toutes les deux qu'ils nous considéraient presque comme une seule et même entité. Ils nous appelaient "les Jolies Sœurs". Nous n'avions pas d'amies, nous nous suffisions à nous-mêmes. En revanche, nous avions un tas de prétendants. Moi, j'avais déjà reçu deux demandes en mariage, l'une de la part d'un veuf un peu trop âgé à mon goût, et l'autre d'un élève de mon père, que ce dernier ne jugeait pas digne de moi. Elsa aussi avait été demandée en mariage par un jeune collègue de papa, un homme taciturne au visage ravagé par les cicatrices d'une acné dévastatrice. Cette demande avait horrifié Elsa mais, une fois établi que mon père non plus ne la prendrait pas au sérieux, nous en avions ri ensemble, avec perfidie. Le temps passait, et nous étions chaque jour plus belles et plus désirables. Nous avions l'impression que le monde entier était à nos pieds.

« Papa a été promu commandant et ses obligations dans l'armée ont augmenté. Il allait souvent à Rome et n'arrivait plus à participer comme auparavant aux événements mondains de notre région. Pourtant, nous, nous avons continué notre vie. Désormais c'était tante Giustina qui se chargeait de nous accompagner : il s'agissait en réalité d'une cousine de notre père, célibataire, qui était venue vivre chez nous. Petite et ronde comme une matriochka, ce qui l'intéressait surtout, c'était de se goinfrer de pâtisseries, dont elle était très gourmande. C'était le chaperon idéal : distraite, naïve et totalement inoffensive.

« Tard dans l'après-midi, un jour de la fin août, escortées par tante Giustina, nous nous sommes rendues à une fête dans la villa d'une des plus importantes familles de Viterbe. Le maître de maison, un notaire très en vue, était le père d'une de nos ex-camarades d'école. On célébrait les dix-huit ans de la cadette, et ses parents avaient décidé de donner une fête grandiose. Même Elsa qui, d'ordinaire, ne manifestait qu'un intérêt modéré pour les événements mondains, était surexcitée. Quant à moi, je sortais d'une vilaine bronchite qui m'avait clouée à la maison pendant trois semaines entières, m'obligeant à renoncer à rien moins que deux invitations – de manière tout à fait exceptionnelle, ma sœur y était allée seule avec notre tante. L'idée de sortir de cet isolement forcé me remplissait donc de joie.

« La réception avait lieu dans le parc de la villa, sous une armature décorée de rideaux blancs et de compositions florales multicolores. Un orchestre accueillait les invités en jouant des valses. De petites lanternes jaunes avaient été accrochées ici et là sur les branches basses des arbres. L'atmosphère était incroyablement poétique.

Adele se tait, emportée par la beauté de ce souvenir. Elle a un regard rêveur. Dans ses yeux gris, à peine voilés par l'âge, semble danser une flamme agitée par le vent. Une petite flamme à l'intérieur d'une lanterne jaune.

– C'est merveilleux ! J'ai l'impression d'y être moi aussi, à cette fête ! s'exclame Annamaria, exaltée, avant de changer de position sur le canapé avec une grimace de souffrance.

Le bébé est en train de bouger, et il appuie visiblement sur un point très douloureux.

– Tu veux que je te fasse un massage ? propose Giulio, assis près d'elle.

– Mais non, regarde, c'est déjà passé. Il suffit que je me cale mieux avec le coussin.

Annamaria jette un regard rapide vers Leonardo, vautré à l'autre extrémité du canapé, et apparemment absorbé dans ses pensées. La pointe d'embarras qui vient légèrement empourprer les joues d'Annamaria n'échappe pas à Giovanna. À moins que son amie ne soit simplement en proie à l'une de ces tempêtes hormonales typiques de la grossesse ?

– Et c'était en quelle année ? demande Giovanna, interrompant ainsi ses propres élucubrations sur ce qu'elle a vu ou cru voir.

– C'était l'été 1967, ma chère, répond Adele. Le 29 août 1967. Une date qui restera pour toujours gravée dans mon cœur. Malgré tout.

L'expression de la femme s'est assombrie. Les flammes dans son regard se sont éteintes. Tous voudraient lui demander ce qui a bien pu se passer d'aussi fatal ce jour-là, mais nul n'ouvre la bouche. De toute façon, elle ne va tarder à le révéler.

– J'avais vingt-cinq ans, Elsa vingt-trois. Nous étions merveilleusement jeunes et pleines d'espérance. Cela faisait des jours que nous nous préparions pour cette fête : ce serait le clou de la saison. Nous étions extrêmement élégantes. Je portais une robe de mousseline vieux rose, celle d'Elsa était blanche brodée de petites fleurs bleues. À notre passage, tout le monde, hommes et femmes, se retournait pour nous admirer. Nous avions tout juste fait notre entrée qu'un grand brun aux yeux magnétiques et au large front creusé d'une légère ride est venu à notre rencontre.

Adele s'interrompt un instant, observant Leonardo.

– Tiens, tu me fais penser à lui. Tu t'appelles comment, déjà ?

– Leonardo.

– Oui, Leonardo : il y a quelque chose dans tes yeux et dans la ligne de ta mâchoire qui me fait penser à lui. Il était du genre à se faire remarquer. Il ressortait au milieu de la foule des invités comme si une lumière particulière émanait de lui. J'ai rapidement découvert qu'Elsa avait fait sa connaissance la semaine précédente, pendant le concert auquel, à cause de ma maladie, j'avais dû renoncer. Il s'est présenté : il s'appelait Vittorio De Pascale, il était avocat. Il avait des yeux très noirs, qui brillaient d'un éclat mystérieux, son nez était légèrement aquilin, sa bouche sensuelle et ses dents très blanches. Grand et svelte, il portait sous sa veste estivale une chemise ajustée qui laissait deviner un corps sec et musclé. C'était l'homme le plus attirant que j'aie jamais rencontré.

« Vittorio habitait Rome, mais sa tante avait une maison de campagne dans les environs, et c'était un ami de la famille de nos hôtes.

« – Votre sœur m'a beaucoup parlé de vous. Si vous saviez ce qu'elle m'a raconté… a-t-il dit avec un clin d'œil, tandis qu'il m'éblouissait d'un sourire terriblement effronté et séduisant.

« Lisant un certain effroi dans mon regard, il a ajouté aussitôt :

« – Ne vous en faites pas, elle ne m'a dit que du bien.

« Je n'oublierai jamais ce moment. J'ai eu la sensation que ses yeux me transperçaient, et je me suis sentie rougir comme si cet homme pouvait me voir nue. Il avait des mains larges et puissantes. Quand il a serré la mienne, j'ai éprouvé un frisson inconnu. Je ne savais encore rien de l'amour. Je ne savais pas combien cela pouvait être doux et, en même temps, impitoyable.

« Vittorio s'est éloigné pour aller nous chercher à boire et, à partir de l'instant où il est revenu, nous sommes devenus inséparables. Tout à coup, plus rien n'existait en dehors de nous deux. Elsa qui, sa boisson fraîche à la main, tentait maladroitement de participer à la conversation, les invités, la musique, les lanternes, les fleurs : les gens et les choses avaient disparu. Nous étions les uniques habitants de la planète.

« Puis le maître de maison s'est approché et a commencé à évoquer une question de droit avec Vittorio. Celui-ci était contrarié par cette interruption et avait du mal à le dissimuler. À l'évidence, il préférait ma compagnie. Tandis qu'il cherchait à se libérer de notre hôte avec diplomatie, je suis restée à son côté, en totale adoration. Brusquement, je désirais cet homme de tout mon être. Ainsi, quand il s'est serré contre moi pour me faire danser, j'en ai eu le souffle coupé, enivrée par l'odeur de son corps, et je me suis abandonnée entre ses bras. Je me souviens du reste de la soirée comme d'un rêve : je lui parlais, je l'écoutais, je riais comme une imbécile à tout ce qu'il disait. Je lui racontais des secrets que j'inventais sur le moment exprès pour lui, dans le but de paraître plus intéressante. Mon cœur ne m'appartenait plus. C'était déjà un corps étranger, qui ne battait désormais que pour Vittorio. J'ai ressenti comme un élancement à la hauteur du sternum : perdue dans ses yeux hypnotiques comme ceux d'un serpent, j'ai presque eu la sensation qu'il me dévorait vivante.

Adele se tait et sa voix reste suspendue dans les airs. Son visage est comme transfiguré. Un instant, ses rides semblent disparaître, laissant entrevoir le visage d'une jeune fille amoureuse. Ou du moins, telle est l'impression des six amis tandis qu'ils la regardent, fascinés, avec l'intensité de celui qui fixe une flamme dansant dans l'obscurité, jusqu'à ce qu'elle semble sur le point de s'éteindre. Mais ensuite, elle vacille et se rallume.

Istanbul, les 15 et 16 septembre 1973

Chère Adele,

J'ai retrouvé depuis quelques jours à peine ma vie citadine et, fidèle à ma promesse, me voilà déjà stylo en main prête à te donner les dernières nouvelles. Le séjour dans le yalı *de Kemal à Kanlı ca, qui ne devait durer guère plus d'un week-end, s'est prolongé pendant plus d'un mois ! Chaque soir, avant de nous endormir bercés par les craquements des planchers et le clapotis de l'eau contre la jetée, nous nous répétions qu'il était temps de rentrer chez nous. Nos amis allaient finir par nous faire porter disparus. Personne ne savait que nous étions ensemble, mais on ne tarderait pas à relier sa disparation à la mienne. Ce qui serait gênant, pour ne pas dire franchement scandaleux. Kemal est officiellement fiancé à Sevgi, une fille qui étudie l'art à Paris et qui, cet été, est restée en France pour préparer ses derniers examens. Le mariage n'a pas encore été annoncé, mais il devrait avoir lieu au printemps prochain.*

Cependant, chaque matin, au lever du jour, nos inquiétudes se dissipaient rapidement. L'air marin parfumé de fleurs de fin saison, la brise qui ridait la surface de l'eau, les mouettes qui volaient en traçant de larges cercles dans le ciel, le soleil déjà haut, promesse d'une autre belle journée, tout nous invitait à rester.

Mais les belles choses ne peuvent durer éternellement, ainsi me revoilà, résidente permanente du Büyük Londra Hotel.

Elle ne le saura jamais, mais Sevgi devrait m'être profondément reconnaissante : pendant ce mois, Kemal a magnifiquement comblé ses impardonnables lacunes, et il est désormais totalement en mesure de satisfaire une femme. Oui, maintenant, il la rendra heureuse. Certes, l'amour peut également être un noble sentiment, mais si on veut connaître la passion, il faut se salir. S'enfoncer dans la fange, savourer le goût du péché, oser l'interdit. Et aussi trahir.

Tandis que nous regagnions le centre d'Istanbul dans sa Corvette tape-à-l'œil, Kemal ne cessait de me répéter qu'il m'aimait. Il était prêt à rompre avec Sevgi et à se fiancer avec moi, quitte à affronter sa famille très traditionaliste, par amour pour moi. D'ordinaire, il a la conduite téméraire d'un pilote de rallye, mais cette fois-ci, il a fait tout le trajet à une vitesse d'escargot et, plus nous approchions de la place Taksim et du Büyük Londra Hotel, où nous allions nous dire au revoir, plus la voiture et le temps lui-même semblaient ralentir, comme si une force contraire à notre séparation faisait tout pour m'inciter à changer d'avis avant que nous nous quittions. Mais cela n'a pas marché.

C'est un gentil garçon, mais pourquoi devrais-je m'engager dans une autre relation, d'autres fiançailles, un autre mariage ? J'ai acquis ma liberté depuis peu, et j'en ai payé le prix. Je n'y renoncerai pas. Pas aussi vite, en tout cas. Il n'a qu'à se marier, je deviendrai sa maîtresse : c'est ce que je lui ai dit pour le consoler. En fait, ça n'a pas eu l'air de lui remonter le moral. Peut-être sait-il que, dans tous les cas, je ne lui serai pas fidèle : c'est le genre d'engagement que, par principe, j'ai décidé de ne plus prendre. Quoi qu'il en soit, Kemal ne me l'a pas demandé, et je me suis bien gardée d'aborder le sujet.

En t'écrivant, je me rends compte que tu es la seule personne au monde à qui je confie certaines choses. Avec Dario, je ne peux pas être aussi sincère et explicite. Quant aux amies femmes, la vérité, c'est que je n'en ai pas. Et je n'en ai jamais eu, même enfant. À quoi m'auraient-elles servi quand je t'avais, toi ? Tu te souviens comme nous étions inséparables, avant que tout commence ? On aurait dit que nous étions toutes deux seules au monde, et que rien ne pourrait nous séparer.

Ce soir, je vais au vernissage de l'exposition d'un ami peintre. C'est un artiste extraordinaire, un poète des couleurs. J'aimerais acheter l'une de ses œuvres : si les prix ne sont pas excessifs, j'y réfléchirai peut-être. La galerie se trouve dans le quartier de Nişantaşi, pas loin de mon hôtel. Dario devrait me rejoindre là-bas : l'idée est de faire un tour à l'exposition et puis de dîner ensemble. Nous ne nous sommes pas vus depuis avant l'été. Au téléphone, il m'a prévenue qu'il avait une nouvelle fracassante à m'annoncer, je meurs d'envie de savoir ce que c'est. Serait-il tombé amoureux ? La curiosité me dévore.

Pour le moment, je m'arrête là. Je continuerai ma lettre demain.

Il est presque une heure du matin, mais je n'ai pas sommeil. Je suis trop nerveuse pour aller me coucher. De retour à l'hôtel, je me suis déshabillée, j'ai enfilé ma chemise de nuit, bu un verre d'eau fraîche, et je me suis demandé si le moment de retourner à Rome était arrivé. Ainsi l'idée de poursuivre ma lettre m'est-elle venue naturellement. Qui, mieux que toi, peut écouter mon tourment ? Pendant toutes ces années, je n'ai jamais éprouvé le moindre instant de nostalgie. Jamais. Jusqu'à ce soir. Jusqu'à ce que Dario, rayonnant comme je ne l'ai jamais vu, m'annonce qu'à la fin du mois sa mission à Istanbul s'achèvera, et qu'il rentrera à Rome. En janvier, il ira à New York en tant que vice-consul. Pour sa carrière, c'est une occasion à ne pas manquer. Voilà la nouvelle fracassante. Seule une imbécile de romantique comme moi pouvait imaginer qu'il s'agissait d'amour !

Mais ma nostalgie disparaît déjà, ou bien peut-être qu'elle n'a jamais existé. En réalité, je n'ai aucune envie de retourner en Italie. Ce que j'éprouve n'est que pure amertume. Cette amertume qui t'incite à renoncer à toutes les belles choses pour lesquelles tu as lutté, parce que tu as la sensation que tu vas les perdre de toute façon. Certains appellent ça de l'autodestruction.

Oui, je suis blessée. Je me sens trahie, abandonnée. Tu sais ce que ça veut dire. C'est tellement dur de s'attacher aux gens, et quand c'est fait, voilà qu'ils s'en vont.

Pour Dario, il s'agit d'une formidable opportunité, c'est normal qu'il soit heureux. Ça, je le comprends. Et puis, parcourir le monde fait partie de son travail. Cependant, il aurait pu faire preuve de plus de tact pour annoncer à une amie que, dans quelques jours, il allait disparaître de sa vie. Naturellement, il a aussitôt ajouté qu'il m'écrirait souvent et que, à peine installé à New York, il m'inviterait à le rejoindre pour de longues vacances à faire du shopping dans les grands magasins de Manhattan, et aussi qu'il reviendrait me revoir à Istanbul au moins une fois par an. Tandis que, poussé par un sentiment de culpabilité, il se lançait dans ces improbables promesses, aucun de nous deux ne croyait à une seule de ses paroles. Il est hautement improbable qu'un diplomate comme lui, amené à changer qui sait combien de fois encore d'affectations, de villes et de domiciles, trouve le temps de cultiver les relations qu'il laisse constamment derrière lui… Le destin, de la même manière qu'il nous a fait nous rencontrer, nous sépare maintenant, et nous n'y pouvons rien.

Moi qui ne suis jamais émue, j'ai éclaté en sanglots, et je dois reconnaître que lui aussi avait les yeux rouges. Nous étions au restaurant et, aux tables voisines, on nous regardait avec commisération. C'était comme lorsque nous jouions nos scènes de ménage, à part que cette fois, nos larmes étaient sincères.

Pour me faire sourire, il m'a dit que, dès que je l'aurais rejoint à New York, nous irions dîner ensemble au Waldorf Astoria et prendre un verre au Plaza. Je serais son Audrey Hepburn, à la fois effrontée et ingénue : petite robe noire, boucles d'oreilles en diamants et chignon haut dégageant la nuque.

Lui aussi est navré de me quitter, je le sais. Lui aussi éprouve de la tristesse, même dans son bonheur. Mais si je ne m'en prends pas à Dario, contre qui puis-je m'emporter ?

Pardonne-moi si je t'ai ennuyée en m'attardant sur mes états d'âme. Parfois, j'oublie que tu n'as peut-être aucune envie de savoir ce que je fais, ce que je ressens, comment je vis.

Excuse-moi : voilà que l'amertume a encore pris le dessus. Je sais que toi aussi tu penses à moi, même si tu ne veux pas l'admettre. Je dirai peut-être à Dario d'aller te voir, quand il sera à Rome. (Alors que j'écris ces mots, je les regrette déjà, mais je ne les effacerai pas. Tout cela est entre toi et moi, je ne mettrai personne entre nous.)

Dans l'espoir, jamais éteint, d'avoir de tes nouvelles,

Ton Elsa

– Tu te rappelles où j'ai mis les biscuits aux amandes ?

Non, Sergio ne se rappelle pas. Pour tout dire, il ne savait même pas qu'ils en avaient.

– Tu as regardé dans la boîte en fer, où tu les mets d'habitude ? lui suggère-t-il pourtant.

Giovanna réprime une grimace, bien qu'il lui tourne le dos et ne puisse pas la voir. Sergio est tellement distrait, ces derniers temps. Cela fait des mois qu'elle a jeté cette boîte : elle commençait à rouiller. Et pourtant, elle est certaine de le lui avoir dit. Ce n'était pas n'importe quelle boîte. Ils l'avaient achetée dans un petit marché aux puces, à Prague. Ils étaient ensemble depuis peu, c'est le voyage le plus romantique qu'ils aient jamais fait. Il s'agissait d'un bel objet vintage, rouge avec des décorations bleu ciel et dorées, et cela lui avait fait de la peine de s'en débarrasser, mais elle n'avait pas pu faire autrement. Elle est allergique à l'accumulation : tout ce qui devient inutilisable et superflu finit à la poubelle. Marie Kondo et sa

« magie du rangement » n'auraient aucun succès avec elle, même sa mère le lui fait tout le temps remarquer.

Qu'arrive-t-il donc à Sergio ? Autrefois, aucun détail de leur vie quotidienne ne lui aurait échappé. Soudain, Giovanna le voit se déplacer dans la cuisine comme un étranger. Un homme pensif et indifférent, qui lui sourit distraitement en surgissant derrière la porte du frigo. La certitude qu'il la trompe la saisit sans crier gare, la clouant à une réalité qu'elle voudrait simplement fuir. Sergio a une autre femme, elle le sent. Et c'est un coup de poignard. Comment cela a-t-il pu se produire ? Elle retient sa respiration : il lui semble impossible que Sergio puisse la trahir ainsi. Qu'il ne se soucie pas de sa douleur. Mais son mari pose la bouteille de jus d'orange sur la table et s'approche d'elle, tendant la main vers son visage.

– Attends, tu as une boucle d'oreille mal mise, lui dit-il.

Puis il l'embrasse sur la joue. Qu'est-ce que je suis bête, se répète Giovanna, qu'est-ce que je suis bête ! Elle se considère comme une femme pragmatique, concrète et pas du tout jalouse : pourquoi se laisse-t-elle entraîner par ces mauvaises pensées ? Ça ne lui ressemble pas. Comment peut-elle soupçonner son mari d'avoir une autre femme, juste parce qu'il ne se rappelle plus qu'elle a jeté une vieille boîte à biscuits ? C'est absurde. Elle laisse Sergio la prendre dans ses bras : il sent toujours tellement bon. C'est l'amour de sa vie, le sourire qui la fait se lever le matin, le baiser qui neutralise toutes ses idées noires, la caresse qui la soutient dans les moments difficiles, quand son perfectionnisme se fissure et que tout semble échapper à son contrôle. Sergio est le pilier qui la maintient les pieds sur terre, solide, déterminé et fiable.

Quand ils desserrent leur étreinte, Giovanna a la sensation d'être guérie d'une longue maladie. Et pourtant, la blessure n'est pas cicatrisée. Elle la sent qui brûle encore. Mais elle la fera disparaître sous un bandage bien serré. Elle l'ignorera.

Elle prend les serviettes en papier et trouve les biscuits qui avaient fini cachés sur l'étagère, derrière la boîte de riz. Elle les dispose sur un petit plateau en bois peint à la main. Elle espère que Mme Conforti les trouvera à son goût. Elle se fait du souci pour elle. Sergio lui a encore versé du cognac alors que, de fait, elle a le ventre vide : un chocolat, ce n'est pas grand-chose pour atténuer les effets de l'alcool, c'est pourquoi Giovanna a eu l'idée de lui offrir des biscuits. La pauvre ! À l'évidence, se souvenir du passé lui est pénible. Ce n'est pas pour rien qu'elle vient de demander une pause, prétextant devoir « se repoudrer le nez dans la salle de bains ». Ce sont ses mots exacts : « se repoudrer le nez ». Une expression que Giovanna n'avait entendue que dans les films, dans ces histoires des années cinquante où les héroïnes se réfugient dans les toilettes des restaurants pour échapper à des prétendants importuns. Peut-être que cet homme, Vittorio, s'est révélé importun lui aussi ?

Son esprit pratique l'incite à croire qu'Adele a besoin de reprendre son souffle, de diluer un peu le puissant flux de conscience que les retrouvailles manquées avec sa sœur ont suscité. Une brève interruption à haute teneur en sucres l'aidera à adoucir ses souvenirs, pense Giovanna, qui croit savoir ce qu'il faut faire en toute circonstance.

– Qu'est-ce que vous fabriquez ? demande Leonardo.

Il les a rejoints dans la cuisine avec un air méfiant, comme si Sergio et Giovanna conspiraient derrière son dos.

– Nous avions envie de te laisser seul avec Mme Conforti, vu qu'apparemment elle a un faible pour toi ! plaisante Sergio en lui donnant une légère claque sur les fesses.

Leonardo sursaute : il le regarde avec une expression bizarre mais ne rétorque rien. Giovanna est certaine qu'il rit jaune : autant il adore faire des plaisanteries, autant il déteste en être la cible. Tôt ou tard, elle aura une discussion avec lui. Ou mieux, elle demandera à Sergio de lui parler. Entre hommes, c'est mieux. Autrement ça sert à quoi, les amis ? Leonardo doit changer d'attitude envers Annamaria s'il veut que leur famille fonctionne. Il faut bien que quelqu'un le lui dise, et Sergio est certainement la personne la mieux placée pour ça. C'est le seul à avoir un certain ascendant sur lui. Leonardo va devenir père, il ne peut pas continuer à jouer au beau ténébreux, au débauché, au rebelle. Pour lui aussi, le moment de redescendre sur terre et d'assumer ses responsabilités est arrivé.

Sans doute prend-elle cette question trop à cœur, après tout ça ne la regarde pas, mais l'indignation que cela suscite en elle, étrangement, la réconforte. Les manquements de son ami parviennent presque à l'arracher à cette « autre » pensée. Si elle n'était pas aussi occupée à disposer les biscuits sur le plateau, et à ne pas voir ce qui se passe juste devant ses yeux, peut-être réaliserait-elle combien Leonardo est troublé. Peut-être réaliserait-elle qu'à cet instant même il suit Sergio dans le couloir. Alors elle se serait tournée vers eux et les aurait vus se réfugier dans la chambre avec une urgence qui lui est inconnue, pour en ressortir peu après, l'air plus heureux. Peut-être aurait-elle même surpris Sergio en train d'embrasser Leonardo dans le cou, tout en lui chuchotant tendrement : « Tu es fou… », et ce au moment précis où Mme Conforti sortait de la salle de bains.

Mais non. Elle n'a rien vu, rien entendu. Elle apporte les biscuits dans le salon et les offre, en parfaite maîtresse de maison. Sergio et les invités sont tous réunis, ils sont là où ils doivent être.

– Quand je l'ai connu, Vittorio avait trente et un ans.

Adele reprend son récit après avoir bu une autre gorgée de cognac, comme pour se donner du courage. Elle pose son verre, taché de rouge à lèvres, sur la table basse près d'elle. La grosse bague qu'elle porte à l'annulaire droit a heurté le cristal, produisant un son aigu.

– C'était un avocat brillant, qui avait une carrière prometteuse dans un prestigieux cabinet romain spécialisé en droit civil. Il fréquentait aussi le monde du cinéma, en tout cas c'est ce qu'il m'a raconté ce soir-là. En fait, la réalité n'était pas exactement celle-là, mais je ne l'ai découverte que bien plus tard. Il savait séduire et n'avait aucun scrupule à utiliser son charisme à des fins qu'il était le seul à connaître. Chacune de ses paroles, chacun de ses regards, chacun de ses gestes exprimaient une promesse. Mais rarement une certitude. Il y avait quelque chose, dans ses façons de faire, qui invitait à le suivre, où qu'il aille. Même en enfer : car avec lui, ce serait le paradis.

« Quand nous nous sommes fiancés, il m'a offert un brillant entouré d'émeraudes, monté sur un anneau en or blanc. Il avait appartenu à sa mère, morte lorsqu'il avait sept ans. La bague était un peu large pour mon annulaire, alors j'ai expliqué à Vittorio que j'allais l'amener chez le bijoutier pour la faire ajuster. C'était un bijou très précieux, et je ne voulais pas risquer de le perdre. Une semaine plus tard, mon père, ayant vaincu les résistances de ma mère, nous a organisé une petite fête de fiançailles. Vittorio est arrivé avec un merveilleux bouquet de muguet et de roses rouge carmin, ma couleur préférée. Il m'a dit qu'il l'avait commandé à Rome, chez le meilleur fleuriste des Parioli[1].

1. Quartier huppé de Rome.

« – Vittorio, il est magnifique ! me suis-je exclamée en me jetant à son cou. « Mais il m'a écartée. Il était brusquement devenu de glace.

« – Où est la bague ?

« – Elle est encore chez le bijoutier. Tu te souviens, elle était trop grande et j'ai dû la faire ajuster. Malheureusement, elle ne sera prête que jeudi…

« – C'était la bague de ma mère. Tu sais ce que cela signifie pour moi. Tu l'as fait exprès, c'est ça ?

« – Mais non, mon amour, qu'est-ce que tu dis ? Malheureusement, le bijoutier…

« – Tu as réussi à gâcher le jour le plus important de ta vie, bravo !

« Pendant toute la durée de la fête, il m'a complètement ignorée. J'étais effondrée, mortifiée, détruite. Pourtant, je devais faire semblant d'être heureuse, autrement qu'auraient pensé mes parents ? Chaque fois que je m'approchais, Vittorio m'évitait, et il le faisait avec une telle habileté que personne ne s'apercevait de rien. Je le voyais plaisanter avec Elsa, être plein d'égards envers ma tante, et même ma mère s'était un peu adoucie et riait à ses bons mots. Puis papa a mis un disque de valses viennoises et m'a fait danser. Après deux tours du salon, il m'a confiée à mon fiancé. J'étais terrorisée : qu'allait-il se passer ? Vittorio allait-il annoncer à tout le monde que je l'avais offensé et que les fiançailles étaient rompues ? Mais non, il m'a prise dans ses bras et m'a fait danser comme une princesse.

« – Tu as été très méchante, ce soir tu seras punie, m'a-t-il murmuré d'un ton langoureux, tandis que nous tournoyions sur le tapis du salon.

« Cette nuit-là, il m'a rejointe chez moi en cachette. J'aurais dû lui dire non, mais je me sentais terriblement coupable envers lui. Aussi lui ai-je ouvert la porte pour le laisser entrer. Papa avait été obligé d'aller à la caserne et ma mère, Elsa et notre tante, fatiguées après cette intense journée, dormaient profondément. Personne ne s'est rendu compte de rien. Quant à moi, j'étais à la fois électrisée et terrorisée.

« Dès que nous nous sommes retrouvés dans ma chambre, il s'est mis à m'embrasser tendrement et, tout en me déshabillant, il m'a léché le lobe de l'oreille et l'a mordillé. Sa langue douce comme le velours m'a donné la chair de poule. Puis, quand je me suis retrouvée complètement nue devant lui, tout à coup il m'a giflée, m'a fait tomber sur le dos et, une main plaquée sur ma bouche, m'a pénétrée avec violence, dans cette position de soumission. Je l'ai senti se frayer un chemin en moi, avide et impitoyable, profanant ma virginité sans même me regarder en face. J'ai éprouvé une violente douleur au ventre mais, aussitôt après, j'ai été traversée d'une vague de plaisir tellement intense que la distinguer de la douleur est devenu impossible. Dans l'impossibilité de hurler, j'ai mordu mon oreiller à travers mes larmes, jusqu'à le déchirer. C'est ainsi que nous avons fait l'amour pour la première fois, et que j'ai eu ma punition.

Le silence s'est abattu sur la pièce. Annamaria est parcourue d'un frisson : elle ne peut s'empêcher de penser que cet homme, en réalité, est un sadique et une brute.

Pour une femme d'une autre époque comme Adele, cela doit être difficile de trouver les mots pour raconter un épisode aussi intime et bouleversant.

« Quand il a eu fini, Vittorio m'a prise dans ses bras et m'a bercée tendrement et, un peu plus tard, nous avons à nouveau fait l'amour, cette fois avec une grande douceur. Toutes nos futures étreintes seraient ainsi : jusqu'au dernier instant, je ne savais jamais s'il serait un amant attentionné ou impitoyable. Il jouait avec moi comme un chat avec une souris, que ce soit au lit ou dans la vie de tous les jours. Il pouvait être l'homme le plus doux du monde et puis, sans aucun préavis, un rien suffisait à le transformer en un être vindicatif et cruel. Il semblait éprouver du plaisir à me blesser. Et quand je m'enfonçais dans le désespoir, certaine de l'avoir déçu, voilà qu'il revenait plus empressé et passionné que jamais. Avec lui, on n'avait jamais aucun répit.

« Une femme plus aguerrie que moi aurait peut-être flairé le danger derrière tous ces efforts pour me séduire et aurait su lui résister, mais moi, je n'y songeais même pas. Depuis le premier instant où je l'avais vu, je ne désirais rien d'autre que le conquérir. Je n'avais pas réalisé que c'était moi, la proie. L'austérité et la pauvreté affective de mon éducation avaient fait de moi une femme totalement ignorante en matière d'amour. Et pourtant, moi aussi je recelais une âme sensuelle, impétueuse et passionnée. Celle-là même qui me poussait, enfant, cachée derrière les feuilles d'une haie de laurier, à imaginer un avenir où mes désirs ne rencontreraient jamais d'obstacles.

« Nous nous sommes mariés au bout de moins d'un an de fiançailles. Des gens ont insinué que tant de hâte devait forcément cacher une grossesse : ce n'était pas vrai. Après cette première fois, il y en avait eu d'autres, mais nous prenions des précautions. C'était pour nous un secret brûlant. Enfin, surtout pour moi. Vous, vous êtes jeunes, vous ne pouvez pas savoir. Aujourd'hui, il existe des moyens de contraception sûrs, et presque personne n'attend le mariage pour avoir des relations sexuelles, mais alors c'était différent. Plus que les préceptes religieux, c'était la peur et la réprobation sociale qui pesaient. Nous les femmes avions trop à perdre : notre honneur. Tomber enceintes en dehors du mariage signifiait encore être marquées au fer rouge. Et pourtant, par amour, passion ou simplement par pur désir, et à cause de l'insistance des hommes, nous continuions quand même à prendre le risque. L'important, c'était que personne ne sache. Étions-nous plus hypocrites ? Peut-être.

« La hâte avec laquelle nous nous sommes mariés était simplement dictée par notre besoin urgent de nous aimer entièrement en plein jour. Lui était fou de moi, en tout cas en apparence. Et moi j'étais folle de lui. Tellement folle que je ne pensais à rien d'autre. Pour la première fois de ma vie, je n'éprouvais pas le moindre désir de partager avec ma sœur ce sentiment qui me dominait. Je voulais le garder rien que pour moi. Et pour Vittorio, naturellement. Personne n'était admis à contempler de près notre joie. Pas même Elsa. En fait, surtout pas Elsa. Car secrètement, je craignais son jugement. Elle, elle aurait peut-être été capable de voir ses côtés lumineux, mais aussi ses ombres. Ces ombres que moi, je m'efforçais de minimiser.

« J'étais impatiente de me marier pour cette raison aussi. Pour couper les liens qui me retenaient encore prisonnière de mon passé. Pour partir à Rome, loin de ma famille. Pour tourner le dos à ce trou noir qu'avait été mon enfance. Pour fuir ma mère et sa cruauté. Et si le prix à payer, c'était d'abandonner ma sœur, alors tant pis. D'ailleurs, Elsa était devenue taciturne et distante, quoiqu'elle m'aidât de mille façons dans les préparatifs du mariage. Prise comme je l'étais par Vittorio et par mes noces imminentes, au début je n'ai pas prêté tellement attention à son humeur, l'attribuant au climat frénétique de cette période. Cependant, plus tard, en y repensant, je me suis rendu compte que son comportement à mon égard avait profondément changé.

« Un après-midi, nous rentrions chez nous à pied à travers le dédale de ruelles qui mène du centre-ville vers la campagne. Nous étions allées chez la couturière pour les essayages de la robe de mariée, le soleil était déjà fort pour un début avril et nous avions chaud. Nous avons ralenti le pas. Soudain, en me regardant droit dans les yeux comme elle ne l'avait pas fait depuis longtemps, Elsa m'a demandé :

« – Tu es sûre que tu l'aimes ?

« – Bien sûr, que je l'aime ! ai-je répondu.

J'ai trouvé sa question vexante, comme si elle ne croyait pas en la sincérité de mes sentiments.

« – Pourquoi tu me demandes ça ?

« – Comme ça, pour rien… Juste pour savoir. Parfois, tout le monde s'attend à ce que les choses aillent dans un certain sens, et tu finis par te retrouver prise au piège, juste parce que tu cèdes à la pression. Mais il peut t'arriver de réaliser, par exemple, que tu voulais quelque chose d'autre. Tu peux réaliser que tu as pris quelque chose qui ne t'appartenait pas, et à quoi tu ne tenais même pas.

« Je l'ai regardée d'un air interrogateur. Je ne voyais vraiment pas ce qu'elle voulait dire.

« – C'est ce qui se passe dans un roman que je suis en train de lire. L'héroïne, Polly, est sur le point d'épouser un comte, mais en réalité elle est amoureuse d'un paysan. Seulement, elle s'en aperçoit trop tard, quand sa meilleure amie lui demande de but en blanc, justement, si elle est vraiment amoureuse. Je me suis dit que quelqu'un devrait te poser la question à toi aussi, pour te donner la possibilité de changer d'avis, si jamais c'était ce que tu voulais.

« – Mais moi, je n'ai aucune intention de changer d'avis.

« – Tant mieux.

« – C'est quoi, ce roman ?

« – Un roman français. Tu ne l'as pas lu.

« – Il s'appelle comment ?

« – *La comtesse du Mont Blanc*, a-t-elle répondu un peu trop précipitamment.

« J'ai mémorisé ce titre de roman de gare et n'y ai plus pensé. Ça lui ressemblait bien, d'appliquer l'intrigue d'un roman à la vie de tous les jours. Des années plus tard, j'ai essayé de trouver ce livre. Mais évidemment, il n'a jamais été écrit.

– Comment ça, il n'a jamais été écrit ? demande Annamaria.

– Elsa l'a peut-être inventé... suggère Elena, qui s'y connaît en histoires inventées qui ont l'air vraies et le sont peut-être.

– Vraiment ? Elle l'a inventé ? Et pourquoi ? insiste Annamaria.

Mais Adele ne répond pas.

Istanbul, le 7 février 1974

Chère Adele,

Ici c'est un déluge incessant depuis des heures. J'ai fait monter un thé dans ma chambre : j'espère que ça va me réchauffer, car il fait bien froid et cette pièce, malgré le poêle, est glaciale. J'attends avec impatience que la pluie s'arrête ou, du moins, se calme un peu. La dernière chose que je voudrais, c'est tremper mon nouveau manteau en poil de chameau, qui me descend jusqu'aux pieds. Quand je l'ai acheté, le marchand m'a garanti qu'il était imperméable et résistant aux taches, mais je n'ai aucune envie de vérifier.

Aujourd'hui, j'avais prévu d'aller chez la couturière. J'en ai trouvé une excellente, près de mon hôtel. Elle s'appelle Madlen, elle est d'origine arménienne. Sa famille est arrivée à Istanbul il y a trois générations, à une époque où Beyoğlu et Pera étaient des quartiers encore plus cosmopolites que maintenant. Arméniens, Génois, Vénitiens, Français, Grecs, Chypriotes : tu ne peux pas même pas imaginer combien de communautés vivent aujourd'hui encore dans cette métropole, bien qu'au milieu des années cinquante, un odieux soulèvement xénophobe se soit déchaîné contre eux. Cela a été terrible : une foule d'ultranationalistes enragés a déferlé sur le quartier. Ils ont surtout pris pour cible les Grecs, mais leur violence n'a épargné personne. Ils ont incendié les maisons, détruit les magasins et chassé des familles entières. Peu de gens en ont réchappé.

Malden m'a raconté tout ça avant-hier matin, pendant qu'elle prenait mes mesures pour un patron. Je lui ai commandé une robe de cocktail dans un merveilleux tissu de soie grège couleur turquoise, que j'avais acheté il y a longtemps au Grand Bazar.

Ses paroles m'ont impressionnée. Dario m'avait déjà mentionné cet épisode, mais écouter le témoignage d'une personne qui a vécu dans sa chair une expérience aussi dramatique, c'est vraiment autre chose. Ses parents et elle ont été sauvés grâce à l'intervention de quelques voisins turcs, qui les ont protégés. On leur avait prêté un drapeau à accrocher à leur balcon, tandis qu'un homme à la longue barbe traditionnelle, un *takke* de prière sur la tête, s'était planté devant leur porte et criait « Ils sont des nôtres ! » à quiconque s'approchait. Madlen tient à souligner que, dans le quartier, personne ne leur a jamais fait de tort, et que la culture de tolérance de ces lieux a survécu malgré tout.

En quittant son atelier, je n'avais pas envie de rentrer à l'hôtel, alors je me suis promenée. En parcourant les rues de Beyoğlu, pleines de gens et de boutiques, *j'ai senti plus que jamais que je faisais partie de cette merveilleuse ville, à l'âme si ancienne mais à l'esprit si moderne. M'apercevant dans une vitrine en train d'avancer parmi la foule, droite et élégante, je me suis souvenue de comment j'étais quand, tout juste arrivée à la gare de Sirkeci, je me traînais, épuisée et apeurée, à la recherche d'un logement pour la nuit. Quatre années se sont écoulées depuis ce jour, et pourtant j'ai l'impression que c'était dans une autre vie. En chemin, j'ai acheté un* simit *à un vendeur ambulant : cela faisait longtemps que je n'avais pas mangé ce petit pain. Je ne sais pas si tu aimerais ça, mais pour moi, planter les dents dans cette pâte tendre et pourtant croquante, recouverte de sésame, a quelque chose de paradisiaque.*

Marchant d'un bon pas, je suis arrivée presque sans m'en rendre compte devant le palais de Dolmabahçe, la dernière résidence du sultan. Les touristes font la queue pour visiter Topkapi, et ils ignorent les splendeurs de ce bâtiment impérial. Construit sur la rive européenne du Bosphore, avec une porte grandiose qui donne directement sur l'eau et un ponton privé, il mêle dans ses façades le rococo, le baroque et le néoclassique, tandis que l'intérieur est de style ottoman. C'est une débauche d'or, de verre et de bois précieux, avec plus de 285 pièces, 46 salons, 6 hammams et, naturellement, le harem. Je l'avais admiré bien des fois de l'extérieur, en passant, mais je n'avais encore jamais eu l'occasion de le visiter.

Sans y réfléchir à deux fois, j'ai décidé d'acheter un billet d'entrée. Toutefois, au moment de payer, je me suis aperçue que je n'avais pas assez d'argent sur moi. J'avais oublié mon portefeuille à l'hôtel : je n'avais qu'un peu de monnaie en poche. Je m'apprêtais à m'en aller quand un touriste français qui faisait la queue derrière moi a proposé de régler la différence. Comme c'est agréable de rencontrer quelqu'un d'aimable qui vole à l'aide d'une femme en difficulté ! me suis-je dit. Et ça ne s'est pas arrêté là.

Il paraît qu'il a fallu onze ans pour construire le palais de Dolmabahçe, qui n'a été achevé qu'en 1856. Pour bien le visiter, il faudrait une journée entière. Mais l'après-midi était déjà bien entamé, aussi passais-je rapidement de salle en salle, tout en essayant d'imaginer la vie d'un sultan, il y a un peu plus d'un siècle, entre ces murs richement décorés.

J'étais tellement plongée dans mes rêveries que je ne me suis pas tout de suite rendu compte qu'un homme me parlait. C'était le touriste de tout à l'heure, celui qui m'avait payé le billet. J'ai dû le regarder avec stupeur, parce qu'il est aussitôt passé du français à l'anglais, langue que je connais décidément mieux. Il m'avait vue me diriger droit vers la sortie et voulait me prévenir que j'allais rater la partie la plus intéressante de tout le palais. Il m'a alors montré un panneau, à quelques mètres de nous, qui indiquait le parcours pour accéder au harem.

Je l'ai remercié à nouveau et, l'examinant davantage, je n'ai pu m'empêcher d'être frappée par sa beauté. Toi aussi, tu l'aurais trouvé fascinant : tu vois le genre d'homme avec des yeux verts pénétrants, un long nez et des boucles noires ?

Marc, c'est comme ça qu'il s'appelle, enseigne l'histoire à Lyon, et c'est un véritable passionné d'art oriental. Visiter le harem avec lui aurait certainement été instructif si je l'avais écouté avec plus d'attention. Tandis qu'il m'énumérait des dates et des styles architecturaux en compulsant son volumineux guide touristique, mon esprit vagabondait ailleurs. Je pensais à la femme mystérieuse que j'avais rencontrée au café de la gare, à Venise. Elle m'avait raconté avoir été parmi les dernières courtisanes logées au harem du sultan : c'était donc ici qu'elle avait vécu ? Elle ne m'avait pas révélé grand-chose de sa vie d'alors, mais le peu qu'elle m'en avait dit était resté gravé dans ma mémoire. Par exemple, le fait que, bien qu'étant à la merci des désirs du sultan, les courtisanes pouvaient jouir de nombreux privilèges. En en parlant, son regard s'était voilé, submergé par une profonde nostalgie.

Mes pas résonnaient sur les dalles en marbre que des générations de femmes recluses avaient foulées avant moi, alors qu'elles occupaient leurs journées à se faire belles pour un seul homme. Afin de devenir la favorite, elles n'hésitaient pas à tramer des pièges, à lancer des malédictions, et même à tuer. Elles plongeaient dans des bains parfumés, se badigeonnaient la peau d'huiles précieuses, se faisaient des coiffures sophistiquées, portaient des vêtements en tissus rares et des bijoux resplendissants. Et pourtant, à la fin, une seule était admise en présence de leur seigneur. Rien qu'une. Et pas nécessairement la plus belle, parce que ce qui intéressait surtout le sultan, c'était que l'élue soit intelligente et capable de converser avec lui. Quant aux autres, surveillées de près par les eunuques, les seuls hommes à avoir accès au harem en dehors du sultan, il ne leur restait plus alors qu'à noyer leurs rivalités dans les bavardages, la musique, les rires, les confidences et les secrets qui se racontent à voix basse.

Est-il possible que ces jeunes femmes aient vraiment désiré vivre dans une telle cage dorée ? Être traitées avec mille égards pouvait-il compenser l'absence de liberté ? Et quel amant pouvait apprécier toutes ces attentions forcées ? Alors que je me posais ces questions, je me suis rappelée combien il est fréquent, pour les hommes, de confondre amour et pouvoir. Ils t'espionnent, te contrôlent, et essaient de te convaincre que leur jalousie est la preuve qu'ils tiennent à toi. Mais quel rapport tout cela a-t-il avec l'amour ? Aucun. Parce que aimer, c'est faire confiance. Compter l'un sur l'autre. Se laisser aller.

Une fois la visite touristique achevée, Marc m'a invitée à prendre un thé dans son hôtel, non loin de là. Le thé est devenu un dîner, le dîner une promenade sur la Corne d'Or, la promenade…

Le lendemain matin, tandis que mon taxi parcourait, en sens inverse, le trajet que j'avais fait à pied la veille, je songeais combien le destin est constellé de rencontres fortuites. Si je n'étais pas allée au palais de Dolmabahçe, je n'aurais pas connu Marc. Si je n'avais pas insisté pour aller à cette fête, alors que tu étais malade, je n'aurais pas rencontré Vittorio et il ne m'aurait jamais courtisée. Il ne m'aurait pas embrassée. Il n'aurait pas volé mon cœur pour ensuite me tourner le dos et se mettre avec toi. Et même t'épouser. Il ne t'en a jamais parlé ? Il ne t'a jamais raconté la manière dont il s'est amusé à séduire et abandonner une jeune fille naïve, comme dans un petit roman à deux sous ? Par la suite, toutefois, il l'a regretté, mais ça c'est une autre histoire, dont je n'ai pas envie de parler aujourd'hui.

Ma rencontre avec Marc date de quelques jours. Depuis, je ne l'ai pas revu. Mais il ne l'a pas bien pris. Il a passé la semaine à me chercher. Hier, je l'ai surpris qui me demandait dans le hall de mon hôtel : j'ai juste eu le temps de me cacher dans le couloir de service. Je ne veux pas le revoir. Tout ce que nous avions à nous dire, nous nous le sommes dit. Il y a des amours pour lesquelles une vie entière ne suffit pas, et d'autres qui se consument en une nuit. Je ne veux pas dire que les premières soient mieux que les secondes : c'est juste une question de temporalité. Pour ne pas souffrir, il faut tenir compte du temps.

De toute façon, demain matin de bonne heure, Marc va quitter Istanbul pour retourner à Lyon. La nuit où j'étais dans sa chambre, j'ai aperçu son billet de train. Il va bientôt lever le siège.

Entre-temps, il a cessé de pleuvoir. Les pluies torrentielles ont laissé place à un soleil froid mais lumineux. Un discret arc-en-ciel est même apparu. Le moment est venu d'aller voir Madlen : ma nouvelle robe turquoise m'attend.

Cependant, avant de te quitter, j'ai une nouvelle à t'annoncer : ma vie va bientôt changer, encore une fois. Je vais me lancer dans les affaires. Tu te souviens du hammam de quartier dont je t'avais parlé, il y a quelque temps déjà ? Eh bien, je l'ai acheté ! En passant devant, j'ai découvert qu'il était en vente, et je me suis dit que c'était un signe du destin. Un autre.

Tous mes amis sont convaincus que c'est une folie. Aucune femme n'a jamais géré un hammam, me répètent-ils en chœur, scandalisés. C'est une activité équivoque, qui ne convient pas à une dame ! Mais plus ils cherchent à me décourager, plus j'ai envie de m'engager dans ce projet. Ce serait la première fois que j'accomplirais quelque chose vraiment toute seule. Et puis, depuis que je suis à Istanbul, j'ai toujours rêvé d'avoir un hammam ! Dans quelques jours, je vais signer tous les papiers.

Au-dessus des bains eux-mêmes, il y a aussi un logement. Il est en assez bon état : il suffira d'arranger un peu les sols, de repeindre les murs et, avec les meubles adéquats, j'en ferai un appartement confortable et accueillant. Ce sera mon premier véritable chez-moi.

Je me rends compte que j'ai beaucoup écrit. Peut-être trop.

Un jour, qui sait, nous nous reverrons peut-être. Et nous parlerons encore du passé.

Avec affection,

Ta sœur

– Ça va mieux ?

– C'était juste une baisse de tension. C'est passé, merci.

Annamaria parle avec un filet de voix. Elle est blanche comme une poupée de cire. Giovanna l'a aidée à se rallonger sur le canapé, mais elle n'a guère l'air rassurée par les propos de son amie. Sa pâleur l'inquiète. Ne vaudrait-il pas mieux la conduire à l'hôpital ?

Leonardo donne voix à ses doutes :

– Tu veux qu'on t'emmène aux urgences ?

– À l'hôpital, ils peuvent te faire immédiatement une échographie et tous les examens nécessaires, intervient Elena d'un ton professionnel.

– Mais non, ce n'est rien. Je vous assure. Le bébé vient de bouger, il va bien. Cela n'a duré qu'un instant. Maintenant je vais mieux, je vous le jure.

Leonardo n'insiste pas : c'est la réponse qu'il espérait entendre. Après tout ce qui s'est déjà produit, il ne manquait plus que devoir courir à l'hôpital.

Il perçoit la présence de Sergio comme une brûlure sur sa peau. Il voudrait le toucher, le serrer dans ses bras. Il voudrait qu'Annamaria et tous les autres disparaissent comme par magie, pour les laisser enfin seuls tous les deux. Il sait bien que c'est abominable, d'imaginer une chose pareille, sa femme ne le mérite pas. Mais il ne peut pas s'en empêcher. Puis il croise le regard pénétrant de Mme Conforti. Est-ce une impression, ou bien lui sourit-elle d'un air indulgent ? Cette femme en a tellement vu, au cours de sa vie… Est-il possible qu'elle ait compris ? Cette pensée ne l'aide pas à se calmer.

S'abandonnant sur les coussins, Annamaria aussi regarde Leonardo. Est-elle sûre d'aimer son mari ? Est-ce vraiment lui l'homme de sa vie, le père de son enfant ? Ces questions résonnent trop souvent dans sa tête. Elle a tenté de les ignorer, mais les paroles de cette femme leur ont donné plus de force. Et elle a été prise de panique.

Elle s'apprête à fonder une famille et elle est terrorisée à l'idée d'avoir choisi le mauvais compagnon. Et le pire, c'est que le bon ne se mettrait jamais avec elle. Parce qu'il est déjà pris. Et parce que, pour lui, faire l'amour avec elle n'a été qu'un accident de parcours. Une distraction. Une étreinte de trop qui a fait dérailler le train de leur amitié. Oui, ce n'est qu'un ami, se répète-t-elle. Il ne pourra jamais être autre chose pour elle, inutile de se faire des illusions. Et puis, comment lui parler du bébé, si elle-même n'a aucune certitude ?

Rien qu'à cette pensée l'angoisse la saisit. Comment pourra-t-elle faire semblant de rien ? Réussira-t-elle vraiment à feindre que tout va bien ?

Annamaria tente de se calmer en se concentrant sur la respiration diaphragmatique, comme elle l'a appris au cours de préparation à l'accouchement. Elle inspire par le nez et expire par la bouche, en s'efforçant de suivre un rythme régulier. Elle sent son ventre monter et descendre, descendre et monter. Giulio est allé remplir un verre d'eau à la cuisine, qu'il lui tend maintenant. Elle cherche son regard chaleureux : malgré tout, il a le pouvoir de l'apaiser.

Giovanna est soulagée. Son amie reprend des couleurs tandis que Giulio lui masse le front pour la soulager. Ils ont tellement de choses en commun, tous les deux ! se surprend-elle à penser. Leur passion pour l'art, leur spiritualité, leur gentillesse. Mais en amour, ça ne marche pas comme ça. En amour, les contraires s'attirent, elle le sait bien. Son regard glisse vers Sergio, assis l'air pensif. Ses doigts tambourinent sur le bord de son fauteuil. Elle aime l'observer à son insu. Il est tellement beau. Émotif, impulsif, parfois peu sûr de lui. Oui, les contraires s'attirent. Il lève les yeux et surprend son sourire mais, aussitôt, il regarde ailleurs.

– Nous nous sommes mariés, et ma vie a changé.

Le petit incident est clos, et Adele Conforti reprend son récit. Elle a les mains posées sur les genoux et les doigts étroitement noués, comme pour se donner du courage.

– Tout d'abord, j'ai quitté Viterbe pour m'installer à Rome avec Vittorio. Avant ça, nous étions partis en voyage de noces à Positano. Notre hôtel surplombait la côte. Nous pouvions voir la mer sans même nous lever de notre lit. Je me sentais comme l'héroïne d'un conte qui finit bien. Vittorio était mon prince. Et en effet, parmi toutes les femmes qui lui tournaient autour, c'était moi qu'il avait choisie.

« Cependant, au milieu de tout ce bonheur, un peu de jalousie m'assaillait parfois. J'en avais même après ma sœur : au fond, il l'avait abordée avant moi. Mais Vittorio souriait de mes doutes. Ne voyais-je pas combien il m'aimait ? Pour lui, il n'y avait aucune autre femme au monde, me disait-il. Quant à Elsa, émotionnellement, elle n'était guère plus qu'une gamine, et sa nature réservée était ennuyeuse. J'étais la seule à pouvoir le rendre heureux. Quand, par jeu, je lui demandais pourquoi, il me répondait que j'étais aussi excitante qu'un défi. Je ne comprenais pas alors ce qu'il voulait dire, mais peu m'importait. Son amour faisait que je me sentais unique.

« À Rome, Vittorio vivait ici, à Testaccio, dans un appartement de célibataire inadapté à un jeune couple. Nous avons donc cherché un logement plus grand et confortable, dans le même quartier. Cet appartement m'a plu tout de suite. J'aimais la disposition des pièces, la lumière. Et le balcon, naturellement.

– Le balcon ? s'étonne Giovanna. Ici, il n'y a aucun balcon. Vous confondez peut-être…

– Ma chère, je sais bien qu'il n'y en a plus, réplique vivement Mme Conforti. C'est moi qui l'ai fait démolir. Mais autrefois, il y en avait un. On y accédait de la cuisine. Avant, il y avait là une porte-fenêtre.

– Mais pourquoi l'avez-vous supprimé ? demande Giovanna, contrariée.

Elle ne peut s'empêcher de se sentir lésée par cette découverte. Aujourd'hui, l'appartement vaudrait beaucoup plus. Mais Adele ne répond pas. Elle reprend son récit, imperturbable.

– Donc, comme je le disais, nous avons acheté cet appartement. Mon père voulait nous aider financièrement : c'était son cadeau de mariage. Dès que j'en ai parlé à Vittorio, il s'est mis dans une colère noire. Il a perçu cette offre généreuse comme une accusation contre lui, une manière de souligner que, malgré sa brillante carrière, il n'était pas encore en mesure de m'assurer un toit. Nous étions rentrés depuis peu de Positano et il m'a fait une scène terrible. Il a hurlé des insultes innommables contre ma famille, et s'en est pris à moi aussi. Il n'en est pas arrivé à la violence physique, mais sa colère m'a effrayée. Pour la première fois, je me suis demandé de quoi il serait capable. Le lendemain, il était redevenu l'homme fascinant et galant de toujours. Comme s'il ne s'était rien passé. Par la suite, il n'a plus abordé le sujet. Mon père a fait un chèque, et on n'en a plus jamais reparlé.

« D'ailleurs, de mon côté aussi, je n'avais qu'un désir : laisser ce désagréable épisode derrière moi. J'ai fini par me convaincre qu'il ne s'agissait que d'un accident. Mon mari ne se serait jamais comporté ainsi s'il n'avait pas souffert car il voulait être celui qui pourvoyait à tous mes besoins. C'était normal qu'il se sente sous pression, qu'il ait les nerfs à vif. Je n'avais certainement pas l'intention de gâcher le bonheur que je venais tout juste de conquérir à cause d'un accès de colère passagère.

« Je me sentais au septième ciel. Le matin, Vittorio sortait pour aller travailler, et il ne rentrait souvent que tard le soir, mais ce n'était pas pour me déplaire : je savourais ma liberté dans la solitude. C'était comme jouer toute la journée à la poupée, sans ma mère pour me réprimander parce que je riais trop fort. Parfois, j'étais nostalgique d'Elsa, mais cela ne durait qu'un instant, et aussitôt après, je me laissais reprendre par cette étrange euphorie. Je pouvais enfin choisir comment passer mes journées, quoi faire de moi-même. Parfois, je m'amusais à déplacer la table à manger ou le canapé, rien que pour voir l'effet que cela faisait, avant de tout remettre à sa place. Ou bien je préparais des recettes compliquées, dans des quantités telles que je n'avais pas assez de place pour tout mettre dans le frigo. Je ne sortais que pour faire les courses. Quand Vittorio revenait, j'abandonnais mes jeux pour essayer d'être l'épouse parfaite qu'il désirait.

« Tous les matins, à peine réveillée, je me pinçais pour m'assurer que je ne rêvais pas. Les fantasmes auxquels je m'abandonnais dans mon enfance se mêlaient à la réalité. Dans l'un des plus vraisemblables, la deuxième petite chambre de notre appartement devenait celle de notre bébé : mais cette perspective me remplissait à la fois de joie et de confusion. Quelque part en moi, j'étais en effet consciente de vivre dans une fragile bulle de bonheur. Un rien pouvait la faire éclater – alors, un enfant… Dans notre amour, il n'y avait de place que pour Vittorio et moi. Et pourtant, cette lucidité n'a pas suffi. J'étais jeune et prétentieuse, et je n'ai pas tardé à me persuader que le sentiment qui nous unissait était désormais tellement puissant qu'il résisterait à n'importe quelle épreuve. Rien ni personne ne nous séparerait. J'en étais certaine. Mais je me trompais. Si j'avais l'impression de vivre dans un rêve, c'était parce que rien, dans ma nouvelle vie, n'était réel.

– Dans quel sens, rien n'était réel ? Votre mari vous mentait ? l'interrompt Giovanna.

Adele se tait un instant mais ne donne aucun signe de l'avoir entendue. Jusqu'alors, pendant qu'elle parlait, elle semblait presque en transe. Elle déglutit. Peut-être une pilule difficile à avaler. Un souvenir amer qu'elle doit digérer avant de pouvoir continuer.

– Si seulement vous aviez pu le rencontrer : Vittorio était tellement fascinant ! reprend-elle, rêveuse. Il lui suffisait d'un regard, d'une phrase, et tout le monde tombait à ses pieds. Des femmes mûres, des gamines. Des hommes aussi. Il collectionnait les cœurs brisés, et il le faisait avec grâce, comme s'il n'en était pas vraiment conscient. Il suffisait qu'il me regarde dans les yeux pour que mes jambes se mettent à trembler. Quand il me parlait, j'oubliais tout le reste. Parfois, j'en perdais même le sens de ce qu'il me disait : sa voix rauque et indolente vibrait en moi comme une musique que j'étais seule à pouvoir entendre, elle me capturait avec la force d'un enchantement. Ou peut-être d'un maléfice. Il aurait pu me dire n'importe quoi, je l'aurais cru aveuglement. J'étais suspendue à ses lèvres. Aussi, quand je l'ai surpris un matin à la table d'un café avec une femme, je n'ai rien trouvé d'étrange à cela, quoiqu'un faible signal d'alarme se soit déclenché quelque part en moi.

J'étais sortie faire les courses et ce café se trouvait sur le trajet menant au marché de mon quartier. Je me suis dit que mon mari devait être en compagnie d'une cliente. J'ai hésité quelques secondes, me demandant s'il ne valait pas mieux continuer mon chemin pour ne pas le déranger, mais ma curiosité l'a emporté. Je me suis approchée pour le saluer et, à cet instant, la femme s'est tournée vers moi. C'était ma sœur.

Istanbul, le 20 décembre 1976

Chère Adele,

Je me remets à t'écrire après tout ce temps, bien que je me sois promis d'arrêter. Presque deux années ont passé depuis ma dernière lettre et, comme toujours, tu t'es bien gardée de me donner de tes nouvelles. Mais peu importe : désormais, ma vie est ici, à Istanbul, sous son ciel changeant et magique, dans ses rues animées qui sentent bon le gingembre et la cannelle.

Presque deux années se sont écoulées aussi depuis que j'ai inauguré mon hammam. J'ai dû faire restaurer les bains, changer la robinetterie, réparer les bassins en marbre et les décorations murales, mais cela en valait la peine : je lui ai rendu sa splendeur d'antan. En peu de temps, le hammam est devenu la référence incontournable pour de nombreux hommes en quête d'un lieu où trouver le réconfort de l'esprit et les plaisirs de la chair. Je peux affirmer avec grande satisfaction que, par rapport à l'état dans lequel il était lorsque je l'ai acheté, aujourd'hui c'est un palais.

J'en suis tellement fière ! Au début, c'était dur : ici, une femme doit faire deux fois plus d'efforts pour obtenir la moitié de ce qu'elle réaliserait dans un pays occidental. Toutefois, je me suis bâti une certaine réputation.

Tu ne peux pas imaginer comme ça a été compliqué, mais à présent, c'est fait. L'Aynaların Sultan Hamamı fonctionne parfaitement, au service d'une clientèle toujours plus nombreuse. Son nom signifie le « Hammam du Sultan des Miroirs ». Il s'est toujours appelé ainsi. Poétique, non ? En peu de temps, il est donc devenu une institution à Istanbul : on vient même de l'extérieur pour le visiter. Je le considère comme mon hommage à cette ville qui a été tellement généreuse avec moi, l'aventurière italienne arrivée sans un sou, armée seulement d'espoir.

Les affaires vont tellement bien que je pourrais rester à la maison et payer quelqu'un pour le gérer à ma place, mais je passerais à côté de tout le plaisir. J'adore rester là, assise à l'entrée, derrière le petit comptoir en bois marqueté, et accueillir mes chers hôtes. Les plus fidèles, je les connais maintenant tous personnellement. Je sais quand ils sont tristes et ont besoin de réconfort, quand ils se font du souci, quand ils sont amoureux… Les hammams sont des endroits étranges, où la vapeur détend les mœurs en même temps que les corps. J'ai de nombreux amis qui me sont reconnaissants précisément parce que j'offre un abri accueillant et discret à certains de leurs caprices. D'ailleurs, tu le sais, je perds rarement une occasion de rendre un homme heureux.

Les clients me parlent, me font des confidences, ils me traitent comme leur égale. Bref, je leur inspire confiance.

De temps à autre, je m'amuse à les observer en cachette pendant qu'ils passent un agréable moment dans la vapeur. Je connais tellement de secrets à propos de ces honorables pères de famille que je suis encore plus respectée que leurs mères vénérées.

Même le logement annexe s'est révélé plus beau et plus vaste que je l'avais imaginé. Il est confortable, disposé sur deux étages, plein de fenêtres et de lumière. J'y ai installé des tapis, des tableaux, des souvenirs, mais j'ai encore beaucoup d'espace à remplir. Ces dernières années, j'avais laissé quelques meubles (peu), datant de l'époque où je vivais avec Ender, dans l'entrepôt d'un ami : je les ai enfin récupérés. Après avoir vécu longtemps à l'hôtel, l'idée d'avoir à disposition des pièces entières à meubler et décorer à ma guise m'a remplie de joie.

J'ai choisi de vivre dans un microcosme qui est à la fois un non-lieu et tous les lieux du monde, un carrefour d'histoires, de destins, de hasards. Je crois être devenue aussi plus patiente et tolérante. Des contretemps que je n'aurais pas supportés autrefois glissent sur moi aujourd'hui.

Une petite porte derrière l'escalier dissimule un passage qui conduit directement au hammam, je n'ai ainsi même pas à sortir de chez moi pour rejoindre mon royaume. Du matin au soir je reste là, assise parmi les coussins de velours de mon poste stratégique, et mon corps s'est inévitablement arrondi, mais cela ne m'importe guère. Je surveille le vestibule en compagnie de mon chat au long poil gris, tout en m'assurant que le personnel ne laisse jamais les clients sans serviettes moelleuses et savon, et en contrôlant la température de l'eau et la propreté des bassins. J'ai aussi demandé à l'un des hommes qui travaillent pour moi de m'apprendre à faire un massage qui apaise le corps et l'esprit. C'est un art ancien, sensuel et spirituel en même temps.

Ici, le temps est de plus en plus froid : le matin surtout, souffle un vent glacial venu du nord, qui nous transperce jusqu'aux os. Pourtant, moi je me sens pleine d'énergie, comme si je vivais plongée dans un éternel printemps. Car c'est exactement ça : après le petit déjeuner, j'enfile des vêtements légers et rejoins le hammam, qui m'accueille en m'enveloppant de ses chaudes vapeurs. Ici, la rigueur hivernale n'est pas admise.

Cette année, j'ai même décidé d'ignorer Noël : c'est le meilleur moyen de me protéger de la mélancolie que cette fête m'inspire inévitablement. Traditionnellement, le consulat organise une réception avec spumante *et panettone, que l'on fait venir exprès d'Italie. J'ai participé tant de fois à ces fêtes qu'elles se mélangent toutes dans mon souvenir, mais ce qui est certain, c'est que je ne m'y suis jamais amusée. Même lorsque Dario était là, nous restions à l'écart, assis sur un canapé bien rembourré, occupés à échanger des ragots, commentant les robes des dames et les infidélités de leurs maris. Nos rires sonnaient faux dans ce climat de bonté forcée. C'est pourquoi, cette année, je déclinerai l'invitation. Noël me rappelle les amis qui sont partis, les rêves évanouis, les amours perdues. Il me rappelle que je suis une personne méchante et profondément seule. Il évoque des images d'un passé qui ne cesse de me tourmenter.*

Il va bientôt falloir que je sorte. Je t'explique : j'ai commandé mon portait à un peintre, et je vais poser dans son atelier, à l'autre bout de la ville, tous les lundis soir. C'est un artiste très méticuleux, je ne sais pas quand il aura terminé.

Et toi, que fais-tu donc, en ce moment ? Tu as un travail ? Une famille ? Un mari qui essaie de t'aimer ?

Je sais bien que cette lettre est une farce. Toutes les lettres que je t'ai écrites le sont, à part la première. Elle m'est revenue au bout de quelques mois. Tu ne l'avais même pas ouverte. Et c'est ce qui s'est passé, au fil des ans, avec toutes les autres. Mais j'ai quand même continué à t'écrire. C'est la seule manière que j'ai de te sentir près de moi. Chaque fois que ces lettres me reviennent, je me dis que je devrais cesser de t'en envoyer, mais ensuite, l'espoir de recevoir une réponse de ta part l'emporte toujours.

Je t'écris et j'ai l'impression de te voir assise devant moi : tu dégustes ton café corsé et tu souris.

Il y a quelques semaines, j'ai acheté un canari au marché. Je l'ai appelé Cilli, il me tient compagnie. Il est seul, comme moi, et pourtant il ne s'en soucie pas. Au contraire, il semble heureux : la solitude est la force qui le soutient.

L'entendre chanter dans sa petite cage dorée me rappelle, par contraste, combien je suis libre. Libre d'aimer qui je veux. Libre de me souvenir sans rancœur.

Et toi ?

Ta sœur

– J'en suis restée bouche bée : que faisait Elsa à Rome, sans m'avoir prévenue ? Et pourquoi était-elle avec mon mari ?

Adele doit presque se forcer pour reprendre son récit, et pourtant, les autres ont tous l'impression que cette réticence est une mise en scène. Peut-être Adele n'est-elle pas aussi réservée qu'elle veut le faire croire. Peut-être éprouve-t-elle un certain plaisir à exhiber jusqu'aux détails les plus intimes de sa propre histoire.

– Dès qu'il m'a aperçue, Vittorio s'est levé d'un bond : il semblait à la fois surpris et soulagé de me voir. Mon côté jaloux me faisait trouver cette situation suspecte, mais mon côté rationnel désirait une explication simple et banale. Et j'ai été satisfaite.

« – Mais c'est le jour des rencontres inattendues, aujourd'hui ! s'est exclamé joyeusement Vittorio, me faisant de la place à leur table.

« Il m'a expliqué qu'il rentrait au cabinet après un rendez-vous avec un client, lorsqu'il avait reconnu Elsa parmi les passants. Il avait été aussi surpris que moi de la découvrir, là devant lui. Il l'avait invitée à s'asseoir dans un café pour qu'elle lui raconte tranquillement ce qu'elle faisait en ville, et pourquoi elle ne nous avait pas avertis de son arrivée. Pendant que Vittorio parlait, Elsa ne disait pas un mot. Elle gardait les yeux rivés sur la tasse encore pleine qu'elle avait devant elle, comme si elle n'arrivait pas à s'en détacher.

« Cela faisait plusieurs semaines que je ne l'avais pas vue et elle m'a paru amaigrie. Son apparence n'était vraiment pas des meilleures. Elle semblait abattue, bouleversée et constamment au bord des larmes.

« Vittorio a appelé un serveur et j'ai commandé un café. Pendant que nous l'attendions, un étrange silence est tombé entre nous, à peine comblé par le brouhaha de l'établissement. J'ai remarqué qu'Elsa serrait nerveusement une serviette en papier entre ses doigts, qu'elle déchiquetait en d'innombrables petits morceaux, comme elle le faisait, enfant, lorsque maman la grondait injustement. Je me demandais quelles pensées pouvaient bien la tourmenter. J'ai essayé alors de me faire raconter ce qui s'était passé chez nous, mais elle semblait réticente. J'ai eu beaucoup de mal à lui tirer le moindre mot de la bouche. En fait, il ne semblait pas s'être produit grand-chose. Elle s'était disputée avec notre mère une fois de trop : aussi avait-elle fourré quelques vêtements dans une valise, pris les modestes économies qu'elle avait de côté, et était partie en claquant la porte.

« – Depuis combien de temps es-tu à Rome ? lui ai-je demandé.

« Vu qu'elle n'avait aucun bagage avec elle, il était possible qu'elle ait déjà trouvé un logement. Cette constatation n'a fait qu'accroître mon sentiment d'incrédulité. Et pourtant, c'était exactement ce qui s'était passé.

« Par monosyllabes, Elsa m'a répondu qu'elle était arrivée depuis une semaine. Elle s'était installée dans une pension du quartier. Elle ne s'était pas manifestée car elle ne voulait pas nous déranger. Son intention était avant tout de trouver un travail, mais ce n'était pas facile. Chaque fois, avant de répondre, elle regardait Vittorio. J'ai pensé qu'elle était intimidée : si nous n'avions été que toutes les deux, elle n'aurait sans doute pas hésité à me demander de l'héberger et de l'aider, mais la présence de mon mari l'inhibait. Elle craignait certainement de l'incommoder. Aucun homme, marié depuis peu, n'apprécierait d'avoir sa belle-sœur chez lui, et pour qui sait combien de temps. Encore une fois, je me trompais, mais alors j'étais loin de pouvoir imaginer la vérité.

À cet instant, tous dans la pièce voudraient lui demander quelle était cette vérité, mais quelque chose, dans le ton et le regard d'Adele, les retient. Le moment n'est pas encore venu. La vérité a besoin de temps pour être dévoilée, et Adele n'est pas encore prête. Et puis, qui peut affirmer sans l'ombre d'un doute qu'il n'existe qu'une seule vérité, une unique version des faits ?

– Elsa n'arrêtait pas de répéter qu'elle ne voulait pas gêner. On aurait dit un disque rayé. J'ai insisté : l'appartement était grand et elle pouvait être notre invitée tant qu'elle en aurait besoin. J'ai poussé Vittorio à m'aider à la persuader. Il a d'abord paru surpris, puis l'idée d'interpréter le rôle de sauveur de jeunes filles en difficulté a dû l'amuser, parce qu'il s'est vite laissé convaincre. Avec un ton qui n'admettait aucune réplique, il a mis fin à la discussion en affirmant qu'il était hors de question qu'Elsa loge dans une pension sordide. Il ne le permettrait pas. Ses paroles m'ont remplie d'une immense fierté. Nous étions une famille.

« Elsa nous a remerciés, les larmes aux yeux, mais au lieu d'avoir l'air contente, elle semblait encore plus désemparée qu'auparavant, comme si notre générosité l'avait prise à contre-pied. Il était déjà tard et Vittorio devait retourner travailler. Il a réglé la note et nous a accompagnées vers la sortie. Nous nous sommes séparés dans la rue. C'est lui qui s'occuperait de la valise d'Elsa : il passerait la récupérer plus tard à la pension.

« – Attends ! l'ai-je rappelé alors qu'il s'éloignait déjà. Comment tu vas faire pour trouver la pension ? Elsa ne t'a même pas donné le nom.

« – Je le lui avais demandé avant que tu arrives, a-t-il répondu vivement.

« Mais pas assez pour empêcher Elsa de s'exclamer, d'un ton précipité : « – Andreotti ! Pension Andreotti !

« J'ai pensé : la pauvre, elle ne sait même plus ce qu'elle lui a dit. Elle devait être bouleversée. J'ai éprouvé de la tendresse pour elle. Je l'ai à nouveau sentie proche de moi, comme lorsque nous étions petites et que nous rêvions à nos vies futures, cachées entre les feuilles d'un buisson qui nous semblait aussi vaste qu'une forêt. Spontanément, j'ai pris sa main et l'ai serrée entre les miennes, mais elle n'a pas réagi. J'ai eu l'impression de toucher un morceau de marbre, froid, dur et glissant. Alors que nous nous dirigions vers la maison, je me suis demandé qui était vraiment cette fille qui marchait à côté de moi.

Le soleil est bas à présent, les derniers rayons se glissent dans le salon et éclairent le parquet. Le regard d'Adele Conforti erre, anxieux, le long des murs de la pièce, sans s'arrêter sur rien en particulier. C'est un autre appartement que ses yeux regardent. Un appartement qui n'existe plus désormais que dans sa mémoire.

Son public aussi semble devenu muet. Sergio est allé chercher d'autres verres dans la cuisine et, en silence, il les a remplis d'alcool pour tout le monde, à l'exception évidement d'Annamaria. Ils ont besoin de boire quelque chose de fort afin de digérer ce qu'ils viennent d'entendre – même Giovanna qui, pourtant, ne boit d'ordinaire guère plus qu'un verre de vin. Personne ne dit mot. Ils craignent que leurs questions n'interrompent le flux hypnotique de souvenirs qui, supposent-ils, devrait recommencer à s'écouler d'un instant à l'autre, les entraînant dans le tourbillon d'une vérité bouleversante. Elsa cachait-elle un secret ? Pourquoi était-elle arrivée à Rome sans prévenir ? Aucun d'entre eux ne peut s'empêcher de s'interroger intérieurement, de se creuser la cervelle. Chaque parole prononcée par cette femme semble chargée d'une obscure menace.

Quand Adele se remet à parler, tous ressentent un inexplicable soulagement.

– Bien que follement amoureuse de Vittorio, j'avais toujours été consciente que mon mariage m'avait aussi permis de fuir le climat oppressant qui régnait dans ma famille. Dans ce sens, il avait été pour moi une échappatoire.

Elle prononce ces derniers mots dans un murmure. Elle regarde ses auditeurs un à un, comme en quête de leur approbation, avant de reprendre le fil de son récit.

– Je n'ai donc été nullement surprise d'apprendre par Elsa que lorsqu'elle s'était retrouvée seule à la maison, la situation était devenue plus insupportable encore. Désormais, notre père faisait seulement de rares apparitions. Il dormait plus souvent à l'Académie, où il disposait d'un petit logement de fonction, que chez nous. Le motif officiel était qu'avec la réduction récente du personnel administratif, il avait beaucoup de travail supplémentaire, mais il était clair qu'il avait d'autres raisons, qui étaient à chercher dans son incapacité à canaliser la personnalité perturbée de la femme qu'il avait épousée. Lui aussi avait trouvé une échappatoire. L'état de maman se détériorait de jour en jour.

« Aujourd'hui, la maladie mentale n'est plus taboue, mais à l'époque, consulter un psychiatre ou un psychanalyste entraînait une stigmatisation sociale. Aussi cherchait-on à ignorer certains problèmes le plus longtemps possible, en les dissimulant sous des couches de souffrances familiales. Nous n'avons jamais su de quoi souffrait notre mère. Aujourd'hui, sa maladie s'appellerait peut-être “trouble bipolaire”, et elle serait maîtrisée grâce à un traitement spécifique. En revanche, à l'époque, elle était laissée libre de nuire à tout le monde. Évidemment, maman en était la première victime, mais elle était également notre tortionnaire et notre bourreau. Dans ses moments de crise, qui étaient de plus en plus longs et rapprochés, n'importe quel prétexte pouvait déclencher des scènes. Et depuis que j'étais partie, sa victime préférée, inutile de le préciser, était Elsa. Elle déversait sur elle toute la souffrance qu'elle avait accumulée pendant des années de fureur aveugle. J'ai demandé à ma sœur si, au moins, tante Giustina essayait de limiter les dégâts, mais Elsa a poussé un gros soupir et levé les yeux au ciel :

« – La pauvre, qu'est-ce que tu veux qu'elle fasse ? Toutes ses tentatives sont pathétiques ! s'est-elle exclamée, lapidaire.

« Cette réponse m'a plutôt décontenancée. Elle me semblait d'une dureté excessive envers notre tante.

« Nous étions dans la cuisine, assises face à face. Vittorio ne rentrait jamais déjeuner, et d'habitude je ne faisais guère plus qu'un encas, mais pour elle j'avais préparé un plat de pâtes. J'avais aussi mis sur la table un peu de jambon et une salade. Au lieu de manger, Elsa n'arrêtait pas de jouer avec sa fourchette, déplaçant les macaronis d'un bout à l'autre de son assiette. Je me suis dit que, malgré les journées éprouvantes qu'elle venait de traverser, elle n'avait vraiment pas beaucoup d'appétit.

« Dans quelques heures, Vittorio allait rentrer et je me sentais nerveuse, sans savoir pourquoi. Elsa, au contraire, semblait avoir totalement recouvré son calme par rapport à la matinée, dans le café. Assise tranquillement, les mains posées sur les genoux, elle n'était plus la jeune femme naïve, introvertie mais aussi pleine de rêves, que j'avais quittée à Viterbe. À nouveau, j'ai eu l'inquiétante sensation d'être en présence d'une étrangère. J'aurais voulu lui poser mille questions, mais je me suis retenue. Sa placidité glaciale me tétanisait. Malgré tout, je l'ai incitée à poursuivre son récit. Que s'était-il passé de si grave pour qu'elle en vienne à quitter la maison ? C'est alors qu'elle m'a révélé avoir été battue.

« Comme d'habitude, tout avait commencé par un reproche. Un après-midi, maman l'avait accusée d'avoir claqué violemment une porte exprès pour la contrarier, et elle l'avait accablée d'injures. Ce n'était là qu'un énième prétexte pour déverser la colère qu'elle avait chevillée au corps, et Elsa le lui avait fait remarquer. Ma sœur ne s'était jamais rebellée aussi ouvertement, et notre mère avait réagi en lui donnant une énorme claque. Elsa s'était réfugiée dans la salle de bains. Sa joue l'élançait, et des filets de sang chaud lui dégoulinaient du nez. Elle s'était lavé le visage et avait essayé d'arrêter l'hémorragie comme elle avait pu. Quand ma mère l'avait frappée, la grosse bague en or qu'elle portait à l'annulaire droit l'avait blessée. Elle avait la moitié du visage en feu. Ses yeux s'étaient remplis de larmes. Elle m'a précisé qu'elle avait encore un bleu au-dessus de la pommette, et elle a écarté ses cheveux pour me le montrer.

« Elsa m'a raconté avoir senti monter en elle une colère comme elle n'en avait jamais éprouvé de toute sa vie. Une colère beaucoup plus douloureuse que la claque. Sa seule manière de se calmer avait été de partir. Elle avait couru dans sa chambre, avait déniché une valise et y avait fourré en vrac quelques vêtements, un peu de lingerie et une paire de chaussures de rechange. Au moment où elle sortait, elle avait entendu Giustina l'appeler, en larmes : notre tante l'avait suivie jusqu'au seuil de la maison, mais Elsa ne lui avait pas répondu. Elle s'était éloignée en hâtant le pas, sans se retourner. Le soleil se couchait déjà. Il allait bientôt faire nuit, mais elle n'y avait prêté aucune attention. Au bout d'un moment elle courait presque, sans savoir où elle allait, et soudain elle s'était retrouvée devant la gare. Le premier train en partance était pour Rome. Elle l'avait pris.

« Elle s'était enfuie en proie à une telle agitation qu'elle avait oublié d'emporter l'agenda où elle avait noté mon numéro de téléphone et mon adresse à Rome. Elle se souvenait juste du nom du quartier, Testaccio, et de la place du même nom, sur laquelle donnait la rue où j'habitais. Sans indications plus précises, elle avait donc eu l'idée de s'installer provisoirement dans une pension des environs. Une fois sur place, elle me chercherait. Cependant, son plan s'était révélé plus difficile que prévu. Si elle n'était pas tombée sur Vittorio ce matin-là, par un pur hasard, qui sait combien de jours encore il lui aurait fallu pour retrouver ma trace.

« – Mais je trouve ça absurde que tu sois ici depuis une semaine ! Tu ne pouvais pas demander mon numéro de téléphone à papa ? me suis-je exclamée, incrédule.

« Elle n'a pas répondu. En revanche, elle a enchaîné :

« – Tu ne peux pas savoir comme j'ai été soulagée quand j'ai entendu une voix amie m'appeler ! C'est Vittorio qui m'a aperçue, moi je ne l'avais pas du tout remarqué.

« Tandis qu'elle parlait, elle fixait quelque chose dans son assiette, comme si elle avait du mal à soutenir mon regard. J'avais l'impression désagréable qu'elle me cachait quelque chose. Cette fois, cela n'avait peut-être rien à voir avec maman. Elle avait peut-être commis un acte grave qu'elle n'était pas encore prête à avouer. Mais même si c'était le cas, il aurait été inutile d'insister maintenant : elle se confierait tôt ou tard.

« Je lui ai montré la chambre où elle s'installerait. Comme par un fait exprès, trois jours plus tôt seulement, nous avions fait l'acquisition d'un confortable canapé-lit. Il m'est venu à l'esprit que c'était Vittorio qui avait insisté pour l'acheter, me convainquant que cela pouvait être utile si nous avions des invités. Je lui en ai été secrètement reconnaissante, il avait vraiment eu là une heureuse prémonition. Si Elsa semblait à présent soulagée à l'idée de s'être tirée d'un gros pétrin, de mon côté, la nervosité s'était transformée en une sensation de pure euphorie. Maintenant que la possibilité de partager mes journées avec elle se profilait à nouveau, je réalisais brusquement combien elle m'avait manqué, pendant tous ces mois. J'allais finalement réunir sous le même toit les deux personnes que j'aimais le plus au monde. C'était merveilleux. Pauvre imbécile ! Je n'imaginais pas une seconde dans quoi j'étais en train de me fourrer.

Istanbul, le 10 octobre 1977

Chère Adele,

Il y a des jours, vers le début du mois d'octobre, où Istanbul devient soudain toute grise. L'été semble finir d'un coup, et chaque année ça me surprend, peut-être parce que, depuis que je suis arrivée ici, je me suis toujours sentie en vacances. Quand l'automne survient ainsi, sans crier gare, je repense à l'Italie, et la mélancolie m'assaille. J'ouvre les yeux le matin et je tente de t'imaginer, au réveil. Je me demande ce que tu es en train de faire, ce que tu prends pour le petit déjeuner. Peut-être as-tu enfilé un pull pour te protéger du froid. Si ça se trouve, tu penses quelquefois à moi.

De mon côté, cela m'arrive de plus en plus souvent. N'est-ce pas curieux ? Plus le temps passe, et moins je désire oublier. Quand je suis arrivée ici, il y a presque huit ans, j'avais bien d'autres idées en tête. Je ne pensais qu'à l'avenir. Une autre vie m'attendait, électrisante et aventureuse, et la nouvelle personne que j'étais avait hâte de s'y jeter tout entière. Peu de gens ont la possibilité d'avoir une seconde chance, et moi j'avais payé cher pour obtenir la mienne. J'avais dû renoncer au passé, à la sécurité, aux lieux familiers où j'avais grandi. À toi. À cette époque, je savais déjà que je ne reviendrais pas en arrière. Cependant, si j'avais perdu mes attaches, j'avais aussi laissé derrière moi des erreurs que je ne commettrais plus. J'étais devenue une femme différente. Fuir m'avait permis de renaître.

Avant de quitter l'Italie, j'aurais tellement voulu te dire au revoir sans rancœur, comme deux amies qui espèrent se revoir un jour. Mais tu ne l'as pas permis. J'étais furieuse, mais maintenant je te comprends. J'ai pris dans un tiroir la seule photo que j'ai emportée avec moi de ma vie d'avant : elle est désormais bien abîmée, tant je l'ai tournée et retournée dans mes mains, la regardant encore et encore. C'est nous deux, dans le jardin. Tu as douze ans et j'en ai dix. Nous portons toutes les deux la même robe d'été à fleurs. Maman s'amusait encore à nous faire croire que nous étions jumelles. Nous prenons la pose, immobiles, et pourtant nous frémissons d'envie de courir au loin. Les muscles de nos jambes sont tendus, prêts à bondir. Nos yeux brillent.

Je me souviens que c'est notre père qui a pris cette photo, et que nous avions hâte de partir en courant vers notre refuge, derrière le laurier. Je venais sans doute de te murmurer à l'oreille un secret, peut-être une découverte, car tu me souris. Je ne sais même plus de quoi il s'agissait, mais cela n'a pas d'importance. À l'époque, n'importe quel prétexte était bon pour nous cacher et parler à voix basse comme deux conspiratrices, étouffant nos rires et inventant des explications improbables à des mystères inexistants.

Toi aussi, tu possèdes un tirage de cette photo. Il était exposé dans un cadre en argent, chez toi, sur le buffet de ton salon. Parfois, je me demande s'il y est encore. Peut-être l'as-tu caché. Ou bien tu l'as jeté.

Que nous est-il arrivé, Adele ? Pourquoi un sentiment aussi puissant s'est-il rompu d'une manière tellement douloureuse ? Pourquoi nous sommes-nous fait tant de mal ?

C'est le seul regret que je porte toujours en moi, la seule raison pour laquelle, parfois, la mélancolie m'assaille encore.

Tu n'as jamais voulu entendre mes raisons. Je t'ai détestée pour cela, bien qu'avec le temps je sois arrivée à te comprendre. Peut-être que j'aurais réagi comme toi, mais cela aurait été une erreur. Si tu m'avais écoutée au lieu de me fuir, sans doute ne m'aurais-tu pas pardonné de toute façon, en revanche, moi, j'aurais pu plus facilement te pardonner.

Vittorio n'était pas l'homme que tu as toujours cru. J'étais une jeune fille naïve et inexpérimentée, mais j'ai dû apprendre bien vite, et à mes dépens, à le connaître et à l'aimer comme il était vraiment. Je n'ai pas eu la force de lui résister : voilà quelle a été ma faute.

Je suis tombée follement amoureuse de lui le jour même où je l'ai rencontré, la seule fois où je suis allée à une fête sans toi. Dès qu'il m'a regardée, je suis devenue sienne. Puis il a engagé la conversation, m'a invitée à danser, m'a offert une boisson fraîche, m'a fait rougir en me couvrant de compliments… Mais s'il m'avait ignorée ce jour-là, cela aurait été pareil. J'avais déjà succombé à ses sortilèges.

Je suis rentrée à la maison ivre de bonheur. Je mourais d'impatience de le revoir, je comptais les jours, les heures, les minutes. Et quand cela s'est produit, lors de la énième réception de cet été de fêtes incessantes, je suis brusquement devenue transparente à ses yeux, parce que tu étais là. Je tentais de dire quelque chose, mais tu parlais plus fort. Je lui souriais, mais tu passais devant moi. J'espérais qu'il m'inviterait à danser, mais voilà que tu lui avais déjà pris la main et l'entraînais au milieu de la salle, riant avec impudeur. Tu me l'as pris sans te soucier de savoir si tu me brisais le cœur. Quant à lui, eh bien, à un moment donné, il m'a donné deux chiquenaudes sur la joue, comme on le fait à une gamine ou à un chat, et il m'a tourné le dos. Il avait une proie plus excitante à chasser, une proie qui avait hâte d'être capturée. Ainsi, vous vous êtes fiancés. Et il t'a épousée.

Mais après, il a regretté.

Tu te souviens quand tu nous as vus dans ce café ? Ce n'est pas vrai que nous nous étions retrouvés par hasard. Quand je t'ai raconté que je m'étais disputée avec maman, c'était la vérité, mais c'est Vittorio qui m'a amenée à Rome. Cela faisait des mois que nous nous fréquentions en cachette. Il venait à Viterbe pendant la semaine pour voir un client. C'est lui qui m'a cherchée, se postant près de chez nous, là où il était sûr de tomber sur moi. Ça a commencé comme ça. Je le rejoignais l'après-midi dans la villa de ses parents qui, l'hiver, était vide. J'étais devenue sa maîtresse. Est-ce que je me sentais coupable ? Non. Parce que celle qui avait volé l'homme de sa sœur, à mes yeux, c'était toi. Et puis, Vittorio me répétait que votre mariage était déjà en crise : t'épouser avait été une erreur.

Nous nous donnions rendez-vous dans cette grande maison déserte et glaciale, qui sentait le renfermé et la terre. J'étais vraiment naïve, je ne savais rien du sexe. Tout ce que je voulais de lui, c'était un amour romantique, mais Vittorio désirait mon corps. Ainsi m'a-t-il initiée aux plaisirs de la chair, comme un maître avec son élève favorite, et je me donnais tout entière à lui pour le satisfaire. Nous faisions l'amour au premier étage, dans une chambre aux murs bleus et au plafond décoré de motifs floraux. Il aimait mes jupes plissées enfantines et mes corsages qu'il déboutonnait lentement, le souffle court sous l'effet du désir. Les draps étaient humides, le froid me donnait la chair de poule et me faisait claquer des dents, mais je ne devais pas bouger avant qu'il ne m'en donne la permission. C'était lui qui me disait que faire, comment le toucher, dans quelle position me mettre. Son plaisir était le mien. Alors nos respirations s'accéléraient et le froid nous unissait dans un même nuage de vapeur.

Le soir où j'ai fui la maison, j'étais hors de moi. Sans Vittorio, je ne sais pas comment j'aurais fait. Il est venu me chercher en voiture et m'a conduite à Rome, dans une pension à proximité de son cabinet. Tous les deux, nous étions d'accord : il valait mieux que tu ne saches rien. Cependant, peu à peu, son humeur a changé. Je le voyais inquiet, mais aussi excité. Comme s'il avait quelque chose en tête, un plan auquel il pensait depuis longtemps et qu'il allait enfin pouvoir réaliser. Un matin, il m'a dit que nous devions parler, qu'on ne pouvait pas continuer comme ça. Financer mon séjour à l'hôtel devenait trop coûteux. Il m'a emmenée dans ce café. Et puis tu es arrivée.

Il l'a fait exprès. Tu le savais ? Quelque temps plus tard, il l'a admis. Il voulait que tu nous voies. Que tu m'invites à vivre avec vous. Que l'idée vienne de toi. Habiter sous le même toit que sa femme et sa maîtresse : il réalisait son rêve. Malgré sa perversion évidente, il restait un dieu pour moi. Un dieu parfois maléfique, mais toujours irrésistible.

Et puis, je ne sais comment, j'ai commencé à comprendre que quelque chose n'allait pas. En nous. En lui. À qui pouvais-je confier mes doutes ? Certainement pas à toi. Jour après jour, mon angoisse augmentait. J'ai trouvé un travail, j'essayais de rester le plus longtemps possible hors de la maison, mais à un moment donné, il fallait bien que je rentre.

Lui, toutes les nuits, il me cherchait. Il venait dans ma chambre et y restait jusqu'à l'aube. Et toi qui ne te rendais compte de rien ! Cela me semblait impossible. Je me sentais enfermée dans une cage. Ma cage dorée. Je ne pouvais plus supporter cette situation. Je voulais au moins qu'il choisisse. Laquelle de nous deux, cela n'avait presque plus d'importance. Dans tous les cas, cela aurait été une libération.

Alors, qui est la plus coupable ? Qui a volé l'amour, et qui a été trahie ? C'est difficile à établir, lorsqu'on commence à entrevoir le gris qui s'insinue entre le noir et le blanc. Parce que, même dans la faute, il peut y avoir une rédemption. Et la certitude de ne pas pouvoir agir autrement.

Je sais que cette lettre non plus, tu ne la liras jamais, mais contre toute logique, je continue tout de même à espérer.

Avec tout mon amour,

Ton Elsa

Le soleil déjà bas colore l'horizon de rose : il va bientôt se coucher. Mais dans l'appartement de Sergio et Giovanna, le temps s'est arrêté. Plus personne ne regarde dehors : tous ont les yeux rivés sur elle, cette femme marquée par l'âge, aux traits durs et presque masculins, à l'expression épuisée et pourtant tenace. Son histoire demande à être écoutée.

– Mon bonheur a été de courte durée, reprend Adele. Non seulement je reconnaissais à peine en cette Elsa ma petite sœur chérie, mais en plus, Vittorio n'a pas tardé à afficher une humeur encore plus distante qu'à l'ordinaire. Il pouvait être très joyeux un instant, sombre et tourmenté aussitôt après. À cette époque, des travaux étaient en cours pour agrandir le balcon, mais à part les allées et venues des ouvriers et les passages de la domestique, la plupart du temps, Elsa et moi étions seules à la maison. Et pourtant, je percevais une tension constante. Je pensais que ma sœur était peut-être mal à l'aise à cause de cette hospitalité qu'elle ne pourrait pas offrir en retour. Ou bien qu'elle était inquiète parce que, malgré ses bonnes intentions et l'appui de Vittorio, elle n'avait pas encore réussi à trouver un travail.

« Quant à mon mari, je me disais qu'il devait regretter sa propre générosité et être impatient de voir sa belle-sœur débarrasser le plancher. Mais quand j'abordais le sujet, il s'énervait. J'avais aussi proposé de parler à mon père pour qu'il aide Elsa financièrement en lui payant le loyer d'un petit appartement, mais là Vittorio avait piqué une colère, comme si je l'avais insulté.

« Pendant cette période, il a commencé à m'attaquer sur mon physique. Il me disait que je n'avais que la peau sur les os. Que j'étais aussi séduisante qu'un balai. Que mes jambes étaient maigres comme des branches mortes. Un soir, il m'a hurlé qu'il avait choisi la mauvaise sœur. Elsa, c'était une femme, elle. Elle aurait su rendre un homme heureux, d'une façon que je ne pouvais même pas imaginer. J'ai éclaté en sanglots, désespérée, et il s'est aussitôt calmé, comme s'il avait obtenu exactement ce qu'il voulait. Il m'a prise dans ses bras et m'a répété, une énième fois, combien il m'aimait. Entre ses baisers, il m'a raconté qu'à cause de son travail et des mensonges, trahisons et horreurs qu'il était obligé d'écouter, il avait parfois l'impression de perdre la tête et de devenir mauvais. Puis nous avons fait l'amour avec notre passion habituelle, mais je ne m'étais jamais sentie aussi humiliée de toute ma vie.

Comment avait-il pu se permettre de manquer ainsi de respect envers ma sœur ?

« J'aurais voulu me défouler en discutant avec Elsa, ma meilleure amie et ma confidente, mais quelque chose me retenait. La honte. La pudeur. Un sixième sens, ajouterais-je aujourd'hui.

Adele se tait. Son regard s'est durci. Le passé est revenu lui demander raison de ses blessures, mais il y a dans ses yeux toute la détermination de celle qui n'oublie pas, ne pardonne pas.

– La vérité était sous mes yeux, mais je tâchais de toutes mes forces de ne pas la voir. Pourtant, tôt ou tard, il deviendrait impossible de l'empêcher de me revenir en pleine figure. Il y avait trop de signaux que je m'employais chaque fois à neutraliser, en échafaudant des explications aussi naïves qu'artificielles et extravagantes. Notre appartement, que je sentais auparavant vibrant d'amour – mais peut-être n'était-ce alors qu'une illusion ? –, résonnait à présent de notes stridentes et discordantes. Dans les rares moments où je me permettais des éclairs de douloureuse lucidité, j'avais l'impression d'entendre les miroirs se fissurer et les vitres se briser en mille morceaux.

« Les jours passaient et la situation, loin de s'améliorer, ne faisait qu'empirer. Elsa m'évitait ouvertement. Ensuite, elle a annoncé avoir trouvé un travail comme secrétaire dans une petite maison d'édition. Elle partait tôt le matin et rentrait tard le soir. Un jour, je l'ai aperçue par la fenêtre en compagnie d'un jeune homme blond : il l'avait raccompagnée chez elle. À ce moment-là, Vittorio a surgi à son tour au coin de la rue. Dès qu'il a reconnu ma sœur, il s'est approché, d'un air qui m'a paru menaçant. J'étais trop loin pour entendre ce qu'il disait à Elsa, mais j'ai vu qu'elle changeait d'expression. Elle a salué précipitamment son accompagnateur et suivi Vittorio dans le hall, tête basse. Il était furibond. Je me suis dit qu'il se comportait comme un mari trompé. Cependant, j'ai aussitôt écrasé cette pensée, comme on le fait avec une mouche particulièrement agaçante.

« J'avais commencé à souffrir d'insomnie quelque temps auparavant. Le médecin m'avait prescrit un somnifère. Au moment de se coucher, mon mari avait pris l'habitude de me préparer lui-même une tisane, dans laquelle j'ajoutais ensuite mon médicament.

« – C'est pour tes gouttes, disait-il en posant la tasse sur ma table de chevet, puis il me plaquait un baiser sur le front.

« Ce geste attentionné me rappelait ses élans romantiques des premiers temps, et je m'y agrippais de toutes mes forces. Tout n'était pas perdu. Le feu couvait encore sous la cendre, me disais-je. Malgré ses bizarreries et méchancetés, il m'aime, me répétais-je sur mon oreiller, revigorée, avant de m'endormir. Un soir, j'ai eu un problème digestif et j'ai vomi tout ce que j'avais avalé, y compris le médicament que je venais de prendre, mais Vittorio ne s'en est pas rendu compte. Cette nuit-là, j'ai senti qu'il quittait notre lit de manière furtive. Près d'une heure s'est écoulée avant que je me décide à aller le chercher. Dans le couloir, j'ai entendu un bruit étouffé. J'ai aussitôt compris ce que c'était, même s'il m'était presque impossible de l'admettre. Quelqu'un faisait l'amour. Je suis allée jusque devant la porte fermée de la chambre d'Elsa, que je n'ai toutefois pas osé ouvrir. De toute façon, maintenant je savais. J'ai passé le reste de la nuit éveillée.

« Vittorio est revenu vers cinq heures du matin et s'est endormi à côté de moi, comme si de rien n'était. Deux heures plus tard, le réveil a sonné et, comme ça lui arrivait parfois, il m'a cherchée en se réveillant. Aujourd'hui, je suis assez âgée pour pouvoir avouer sans aucune honte qu'il m'a suffi de sentir son désir pour classer tout ce que j'avais découvert comme un soupçon improbable. Nous avons fait l'amour comme les deux amants insatiables que je voulais tant croire que nous étions.

« Naturellement, une part de moi savait que cela ne pourrait pas durer encore longtemps. Tôt ou tard, je devrais regarder la réalité en face. Oui, mais quelle réalité exactement ?

« J'ai passé les jours suivants à les observer tous les deux en cachette. Vittorio affichait la fausse allégresse des bons moments. L'été avait laissé sur lui un léger hâle. Le matin, je le regardais se raser et plaquer en arrière ses boucles noir de jais avec son peigne. Quand il enfilait sa chemise blanche au col amidonné fraîchement repassée, je l'aidais à la boutonner. Je lui mettais ses boutons de manchettes, je nouais sa cravate. Il me laissait faire. Il s'abandonnait à ma dévotion. Ma tête lui arrivait à peine au menton. Son souffle, qui sentait le dentifrice et le tabac, me caressait le front, et j'y plongeais les yeux fermés, en essayant de l'absorber dans chacune de mes cellules. Quand j'avais fini, je me mettais sur la pointe des pieds et lui déposais un chaste baiser sur la joue. Il n'avait jamais été aussi beau. Et c'est moi qu'il avait épousée. Que pouvais-je désirer de plus ? S'il y avait eu une compétition, je l'avais déjà gagnée, me disais-je. Mais aussitôt après, je me sentais coupable et mesquine.

« Maintenant qu'elle avait un emploi, au lieu de se réjouir, Elsa ne faisait que s'en plaindre. Elle se disait fatiguée et, quand elle était à la maison, elle passait presque tout son temps enfermée dans sa chambre. Un jour, je l'ai surprise dans le couloir qui reniflait et s'essuyait furtivement les yeux. J'en ai éprouvé un subtil plaisir. J'espérais qu'ils s'étaient disputés. Peut-être mon mari lui avait-il dit que, de toute façon, c'était toujours moi qu'il aimerait le plus. Peut-être l'avait-il quittée. Peut-être… Voilà à quoi j'en étais réduite : je jouissais de sa tristesse. Ou plutôt, je m'en nourrissais. Et puis, un matin comme les autres, je tombais sur elle, tout sourire et de bonne humeur, et alors je replongeais dans le désespoir. Peut-être Vittorio l'avait-il choisie. Peut-être s'apprêtait-il à me quitter. Peut-être. L'incertitude me consumait.

« Il n'y a qu'une chose que j'aurais pu faire pour me sauver la vie, mais c'était aussi la seule qui aurait pu me tuer. L'affronter. Lui demander une explication. Exiger une décision. Mais cela aurait eu des conséquences irréparables dont je n'avais pas idée, et auxquelles je n'étais pas préparée. Qui m'assurait qu'il me choisirait, moi ? Alors je me taisais, paralysée par la peur. Je préférais continuer ainsi et mourir lentement. J'étais suspendue à un fil, mais encore en vie.

Un bruit sourd fait taire Adele. Tous l'ont entendu et ont sursauté. Ils se tournent pour fixer Leonardo, toujours aussi maladroit : il a fait tomber par inadvertance un bibelot qui se trouvait sur une étagère de la bibliothèque. Heureusement, il n'y a rien de cassé.

– Désolé ! s'exclame Leonardo, nullement gêné, tandis qu'il ramasse l'objet pour le remettre en place.

Giulio et Annamaria ont un petit rire. Même Mme Conforti semble amusée. C'est comme autrefois quand, au cinéma, on rallumait les lumières pour l'entracte. Pendant quelques minutes, l'histoire d'amour s'interrompait, le mystère restait en suspens, le énième malentendu attendait son explication, tandis que les spectateurs se dégourdissaient les jambes, fumaient une cigarette, allaient aux toilettes ou achetaient une glace. Puis l'obscurité revenait et la magie les capturait à nouveau, plus forte que n'importe quel besoin physiologique.

– Pourquoi n'y a-t-il plus d'entracte au cinéma ? marmonne Elena paresseusement, pour elle-même.

– Tu as dit quelque chose ? lui demande Giulio.

– Non non, rien, je parlais toute seule.

Elena a conscience que ce n'est certainement pas le moment de voler la vedette à Adele avec ses élucubrations mentales. Affabulatrice-née, elle sait quand il est opportun de prendre la parole et quand, au contraire, il vaut mieux se taire. Maintenant qu'ils se sont dégourdi les jambes métaphoriquement, elle veut que cette femme reprenne son récit là où elle l'a interrompu. Elle veut que les lumières s'éteignent et que l'obscurité se fasse à nouveau dans la salle.

– Si cela n'avait tenu qu'à moi, j'aurais feint éternellement d'ignorer la vérité, à savoir que ma sœur et mon mari avaient une liaison. Et qu'ils passaient probablement presque toutes les nuits ensemble. Ici même, chez nous, à quelques pas de là où j'étais allongée, seule et sous somnifère, à l'autre bout du couloir. J'aurais persévéré sans rien changer, continué comme avant ma vie de Belle au bois dormant, même maintenant que la réalité me crevait les yeux. Mais ça, c'était compter sans Vittorio. Lui, il était comme un enfant qui, pour s'amuser, a besoin de changer constamment de jeu. Sans doute s'était-il lassé et voulait-il accéder à un niveau supérieur. Ou bien il nous aimait toutes les deux, mais ne savait pas aimer sans faire souffrir. Et surtout, il jouissait de notre compétition. Il éprouvait du plaisir à nous dresser l'une contre l'autre.

« Je sais, certains d'entre vous doivent penser que c'était un homme perturbé, diabolique et cruel, mais c'est parce que vous ne l'avez pas connu. Vous ne pouvez pas savoir comme il était fascinant, tendre, extraordinaire. Comme sa seule présence pouvait rendre toute chose lumineuse. Il avait l'esprit tordu, c'est vrai. Trop tordu pour moi, qui lui avais fait aveuglément confiance. Moi qui avais seulement besoin de respirer le même air que lui pour me sentir vivante. L'idée de le perdre me coupait la respiration. J'oscillais entre la terreur d'être quittée, et la certitude qu'au fond il n'avait aucune raison de renoncer à une situation dans laquelle il pouvait tout avoir. Quel homme peut jouir de sa femme et de sa maîtresse sans conflits apparents ? Nous marchions sur une fine couche de glace, qui était sur le point de se rompre.

« Il suffisait d'un rien.

« Et ce rien s'est produit.

Adele Conforti se tait. Elle ferme les yeux comme si elle regardait une énième fois une scène, toujours la même, qui depuis des années se répétait, projetée dans l'obscurité de son esprit.

– C'était un dimanche matin. On était fin juin mais il faisait déjà chaud, et le soleil entrait par la porte-fenêtre grande ouverte sur le balcon. Elsa dormait ou, en tout cas, c'est ce que je croyais. Vittorio était à la cuisine. Il s'était préparé un café et était en train de le verser dans une tasse. Il portait une chemise bleue. Il avait retroussé ses manches, et son bronzage mettait en valeur les muscles de ses bras. Il m'a vue arriver encore en chemise de nuit, visage ensommeillé et cheveux dénoués sur les épaules. Mon expression ingénue et sans malice a dû lui paraître insupportable.

« Il m'a adressé un sourire vénéneux et a lancé :

« – La voilà, ma petite femme ! Aussi innocente que si elle sortait du couvent. Mais tu ne vas pas me faire avaler ça, ma chérie. Non, pas à moi.

« – Qu'est-ce que tu veux dire ? ai-je demandé à contrecœur.

« – Qu'est-ce que je veux dire ? Que tu peux arrêter de jouer la comédie. Je sais parfaitement que tu sais.

« – Je ne comprends pas, ai-je protesté avec un filet de voix.

« – Ah bon, tu ne comprends pas ? Ou bien tu ne veux pas comprendre ?

« Debout sur le seuil de la porte-fenêtre, dos à la lumière du matin, Vittorio me fixait d'un air féroce. On aurait dit un lion prêt à bondir sur sa proie. Ses cheveux frisés encadraient son visage comme une crinière.

« – Tu sais très bien que je couche avec ta sœur, et pourtant tu ne dis rien, parce que ça t'arrange. Je parie que c'est toi qui me l'as envoyée. Tu t'es dit qu'à deux, vous m'auriez en votre pouvoir. C'est ça ou pas ? Hein ? C'est ça ou pas ?

« Il avait haussé le ton, finissant par hurler. Moi, je n'arrivais pas à parler. J'avais la gorge sèche. Cela faisait des jours que je me réveillais dans l'angoisse de me retrouver seule et de découvrir que Vittorio était parti avec Elsa, m'abandonnant pour toujours, or voilà qu'il m'accusait d'avoir ourdi un plan derrière son dos, en utilisant ma sœur ! J'étais anéantie.

« Un bruit de pas a annoncé qu'Elsa nous avait rejoints dans la cuisine.

« – Et voilà aussi la douce sœurette ! Si vous croyez que votre petit jeu va durer encore longtemps, vous vous trompez lourdement. De toute façon, c'est moi qui choisirai. N'oubliez jamais ça ! Je ne me laisserai pas traiter comme une marionnette ! L'amour d'un homme, c'est sacré !

« À cet instant, diverses pensées m'ont traversé l'esprit, et pourtant tout s'est déroulé très rapidement. Ainsi, alors même que je me demandais quel était le véritable but de cet aveu ambigu, j'ai saisi avec clarté que rien ne serait plus comme avant. Une fois les digues de la peur rompues, mille questions se pressaient dans mon esprit. Vittorio regrettait-il de m'avoir trompée, ou allait-il me quitter ? Et Elsa, comment avait-elle pu me faire une chose pareille ? Comment les personnes que j'aimais le plus au monde avaient-elles pu me traiter ainsi ? J'étais déchirée par cette double trahison. Je ne voulais pas perdre Vittorio, car malgré tout ce qu'il avait osé me faire, je l'aimais encore de tout mon être. Mais il était impensable de vivre encore avec lui comme si de rien n'était, quand bien même il l'aurait voulu. Et Elsa ?

Je l'avais tellement aimée, mais maintenant ? Vittorio me l'avait prise, et elle m'avait brisé le cœur. Puis le désespoir m'a rendue étrangement lucide. Et furieuse.

« Je l'ai regardé droit dans les yeux et, d'une voix basse mais tranchante, un peu comme si je le défiais, je lui ai dit que moi, il pouvait m'insulter, mais que ma sœur, je lui interdisais même de dire son nom. J'ai senti Elsa, près de moi, qui retenait son souffle. Je me suis tournée vers elle et nous nous sommes fixées pendant un instant qui m'a paru durer un siècle. Nous n'avons pas échangé un mot, mais c'était comme si nous nous étions parlé. À ce moment-là, j'ai su que le sentiment profond qui nous liait était resté intact, et qu'il était plus fort que l'amour malade que nous éprouvions toutes deux pour Vittorio.

« – Et alors ? a crié mon mari pour attirer notre attention.

« Nous nous sommes toutes les deux tournées vers lui.

« – Vous faites équipe, maintenant ? a-t-il repris, railleur. Vous voulez que je vous fasse jouir ensemble ? C'est que je ne suis pas du genre à me défiler, vous savez ?

« Il avait sorti de sa poche un paquet de cigarettes et en allumait une lentement, d'un geste élégant et théâtral.

« – C'est ça, que vous voulez ? Vous êtes deux idiotes, des petites salopes… Allez, faites-moi voir de quoi vous êtes capables !

« Mais il n'est même pas arrivé au bout de son horrible phrase injurieuse parce que, tandis qu'il portait sa cigarette à ses lèvres, il a fait un pas en arrière vers le bord du balcon que les ouvriers n'avaient pas encore muni de garde-corps. Il a perdu l'équilibre et il est tombé.

« Personne n'aurait pu survivre à une chute de huit mètres. Même pas lui.

Istanbul, 22 avril 1978

Chère Adele,

Je sais que, la dernière fois, je t'ai écrit des mots difficiles : difficiles à lire mais, crois-moi, encore plus difficiles à formuler. C'est pourquoi, aujourd'hui, je souhaite simplement te raconter combien je suis heureuse. Dans mon petit royaume où les plaisirs de la chair triomphent et où les regards voluptueux se cherchent dans les nuages de vapeur, il semble que j'aie trouvé une nouvelle paix intérieure. Une sérénité que je croyais ne jamais connaître, habituée comme je l'avais toujours été aux brusques changements d'humeur de mon caractère impétueux et tourmenté.

N'est-ce pas incroyable ?

Mes amis aussi sont étonnés. Ils disent que le hammam m'a assoupli le corps et l'âme. Vivre dans cette atmosphère détendue m'a décidément rendue plus douce et accommodante. Jusqu'à un certain point, tout de même.

Hier, par exemple, j'ai donné congé à un amant qui ne se décidait pas à grandir. Je n'ai rien contre les éternels adolescents, mais j'estime qu'à quarante ans, il est grand temps de comprendre que, quand on est l'unique héritier d'une dynastie d'industriels, il faut se mettre sérieusement au travail et ne pas laisser son père âgé faire la pluie et le beau temps. Peut-être ne m'en serais-je pas souciée autrefois, mais maintenant qu'à ma petite échelle je suis devenue chef d'entreprise, je me surprends à exiger plus de détermination et de sens des responsabilités de la part des autres. Ce n'est qu'aux poètes et aux artistes que je consens le luxe du désengagement. Sensibles comme ils sont, ils vivent déjà une existence suffisamment tourmentée : on peut tout leur pardonner. Créer peut faire très mal, cela écorche l'âme. Mais la beauté d'un poème qui célèbre les sentiments ou d'une peinture qui représente l'extase d'un désir rachète toutes les souffrances : rien n'est comparable à une œuvre d'art et à la joie qu'elle procure quand on la reçoit en cadeau.

J'écris cela en toute connaissance de cause : j'ai la chance de connaître de nombreux artistes, certains sont des amis intimes, d'autres l'ont été. Chacun d'entre eux m'a confié un trésor. Un poème avec une dédicace, un portrait, une sculpture.

La semaine dernière, un jeune homme qui vit depuis plusieurs années à Rome s'est présenté au hammam. Il m'a expliqué faire des études pour devenir réalisateur. Il est né et a grandi à Istanbul, et pourtant c'était la première fois de sa vie qu'il mettait les pieds dans un bain turc. Nous en avons ri ensemble.

« Alors comment se fait-il que tu sois ici ? Qu'est-ce qui te conduit chez moi ? » lui ai-je demandé en le tutoyant, comme je le fais avec tous mes hôtes, sans discrimination.

« Cela va vous paraître absurde, mais c'est un ami italien qui m'a parlé de vous. Il est venu ici il y a quelques mois, amené par des gens qu'il connaît. D'après eux, votre hammam est le meilleur d'Istanbul. Et les bruits circulent vite… », m'a-t-il répondu avec grâce. Toutefois, il a ajouté aussitôt après, comme pour se justifier : « Je suis juste venu par curiosité. »

Je l'ai immédiatement trouvé sympathique. Il avait un regard ouvert et sincère tandis qu'il observait le vestibule, et pourtant il se retournait souvent pour contrôler l'entrée secondaire par laquelle il était arrivé, celle qui donne sur une ruelle discrète, comme pour s'assurer qu'il avait la possibilité de s'enfuir. À l'évidence, c'était un garçon de bonne famille et qui avait reçu une excellente éducation : peut-être était-ce justement cela qui le freinait. L'instruction crée parfois des armures dont il est difficile de se libérer. Maintenant j'ai l'œil, et il me suffit de regarder un homme en face pour deviner quelles pensées lui passent par la tête. Ainsi, avant même qu'il ne me dise au revoir et ne disparaisse rapidement dans la ruelle, je savais déjà qu'il ne resterait pas. Mais seulement pour cette fois.

« Je ne te dis pas adieu car je suis certaine que nous nous reverrons ! ai-je crié derrière son dos, provocatrice. Tiens, je suis prête à te parier une entrée : si tu te représentes, je ne te ferai pas payer ! »

Deux jours plus tard, il est revenu.

Nous sommes devenus amis, Orhan, le garçon qui étudie en Italie, et moi. Maintenant, il vient tous les jours. Lui me parle de Rome, où il rentrera dans une semaine, et moi du hammam, des clients, de mes amis. Mes histoires l'amusent et, de mon côté, lorsque je suis en compagnie de qui sait écouter, je ne me fais certes pas prier pour les raconter.

Il arrive tard dans l'après-midi, prend son bain de vapeur et se fait faire un massage, puis il me rejoint ici dans le vestibule, mon « bureau », s'assied sur un des tabourets de bois marquetés que je mets à disposition des clients et m'interroge sur ma vie, pendant que je lui verse un verre de thé. J'imagine qu'il me trouve bizarre : d'ailleurs, une femme qui tient un hammam, on n'a jamais vu ça à Istanbul. Et sans doute nulle part ailleurs non plus. Peut-être qu'un jour Orhan deviendra un réalisateur célèbre, et moi le personnage d'un de ses films ! Quoi qu'il en soit, nous bavardons agréablement jusqu'à l'heure où il doit se rendre à l'un de ses nombreux rendez-vous, rejoindre ses amis ou sa mère, qui vit dans une belle villa blanche dans le quartier de Kalamış.

Cependant, tout récemment, j'avais remarqué que, par moments, il avait l'air tendu, comme si je ne sais quelle inquiétude le tourmentait. Je ne savais pas de quoi il s'agissait, jusqu'à ce qu'hier, il se confie. Il m'a révélé que la première fois qu'il était venu ici, alors qu'il était dans le soğukluk, *la grande salle qui sert à s'habituer à la température, et se dirigeait vers le* hararet, *le véritable centre du hammam, enveloppé de denses vapeurs, un garçon d'une grande beauté lui était apparu, presque comme une vision céleste. Corps de statue à peine couvert par sa serviette, visage aux traits fermes mais harmonieux, yeux dorés, cheveux humides qui gouttaient sur ses épaules et son torse. Ils avaient échangé des regards, timides d'abord, de plus en plus audacieux ensuite. L'inconnu l'avait pris par la main, puis poussé doucement vers une niche, derrière une colonne, où ils s'étaient enlacés et embrassés, immergés dans une brume subtile mais brûlante qui semblait fondre leurs corps en une seule et même chose. S'il fermait les yeux, Orhan pouvait encore sentir la saveur de sa bouche, la douceur de sa langue, la force de ses doigts qui lui caressaient le dos.*

Puis, quand tous deux avaient presque atteint le comble de l'excitation, le mystérieux garçon, sans prévenir, avait dénoué l'étreinte.

Orhan m'a avoué qu'il avait rarement éprouvé une telle sensation d'intimité avec quelqu'un, bien qu'ils ne se soient pratiquement pas adressé la parole.

Tandis qu'ils se séchaient, se frictionnant énergiquement la peau, l'inconnu lui avait souri, s'excusant presque d'avoir interrompu leur rencontre de tout à l'heure au meilleur moment. Le fait est que là, dans un lieu public, il ne se sentait pas vraiment à son aise, lui avait-il avoué. Aussi avait-il proposé à Orhan de venir chez lui, où ils seraient plus tranquilles : il n'habitait pas loin. Ils s'étaient donc donné rendez-vous peu après à l'extérieur du hammam.

À ce point de son récit, Orhan s'est tu. Ses yeux se sont assombris, et il a pris une expression à la fois malheureuse et déconcertée.

« Et alors ? Qu'est-ce qui s'est passé, après ? Tu es allé chez lui ? », lui ai-je demandé, impatiente.

Quand il était sorti du hammam, Orhan ne l'avait pas trouvé. Il l'avait attendu longtemps devant l'entrée, inutilement : l'autre n'était jamais venu. Ce garçon, dont il ne connaissait même pas le nom, avait disparu.

Après ça, il était revenu chaque jour dans l'espoir de le revoir, mais jusqu'à présent il n'avait jamais eu cette chance. Pourquoi donc ce garçon n'était-il pas venu au rendez-vous ? Que s'était-il passé ? Orhan aurait tellement voulu lui demander, au moins, de s'expliquer.

Tu ne peux pas imaginer la confusion qui s'est peinte sur son visage quand je lui ai dit : « Moi, je peux répondre à cette question… »

Je crains cependant que mon explication n'ait fait qu'accentuer sa frustration et son regret. Que s'était-il passé ? Il avait tout simplement attendu au mauvais endroit !

En effet, j'avais remarqué qu'Orhan utilisait toujours l'entrée secondaire du hammam, mais je venais seulement de comprendre qu'il le faisait parce qu'il ignorait l'existence de l'entrée principale – peut-être parce qu'on ne la voit pas depuis le vestibule, car elle est dissimulée par une cloison en bois. Ce jour-là, il avait attendu en vain dans la ruelle, pendant que son bel inconnu patientait devant l'entrée donnant sur la petite place !

Alors, pour le consoler, j'ai proposé de l'aider à identifier son mystérieux ami. Mais, étrangement, sa description ne m'a évoqué aucun de mes habitués. Peut-être s'agissait-il vraiment d'une apparition céleste ?

Quoi qu'il en soit, dans quelques jours, Orhan sera de retour à Rome : un garçon de belle prestance comme lui n'aura pas de mal à oublier une rencontre qui, en fin de compte, n'a jamais eu lieu.

Cet épisode m'a fait réfléchir aux occasions perdues. Qui sait combien nous en collectionnons au cours de notre vie, sans jamais pouvoir nous en rendre compte…

Et nous, ma chère Adele, aurons-nous jamais une autre occasion ?

Moi, je l'espère.

Ton Elsa

– Ça vous dirait, de goûter une part de tarte ? Nous avions préparé une *crostata* pour le déjeuner, je vais la chercher, propose Giovanna, prévenante.

Après tout ce qu'elle a entendu, elle ressent le besoin de revenir à la normalité. La normalité d'un dessert fait maison. Et puis, Adele n'a pas touché au moindre biscuit : l'idée de tout ce cognac dans un ventre vide préoccupe la jeune femme. Elle-même se sent un peu bizarre.

Cependant, Mme Conforti ne réagit pas. Son visage est totalement dénué d'expression : visiblement, ce voyage dans le temps l'a jetée dans un état de prostration. En fait, elle n'en est pas encore revenue. Elle est restée là-bas, à la fin des années soixante, sur le balcon. Dans un équilibre précaire, elle contemple l'abîme qui vient d'engloutir son unique grand amour, l'homme qu'elle n'a jamais cessé d'aimer et de haïr. Elle erre parmi les ruines de sa jeunesse, dans une zone accidentée qu'elle avait soigneusement évitée pendant Dieu sait combien de temps. De là-haut, à une distance sidérale, elle observe son premier mariage, qui a basculé de l'extase à l'horreur. Et comme à cette époque, elle reste sans voix.

– D'après moi, ce n'est pas une *crostata* qu'il nous faut, mais quelque chose de plus fort, comme un verre de whisky, murmure Leonardo tout bas, mais de façon à être entendu par Giovanna.

– C'est bientôt l'heure de dîner… Tu pourrais peut-être faire bouillir de l'eau pour les pâtes ? Je t'aide, si tu veux, propose Giulio, pratique.

Tous semblent animés du besoin impérieux d'atténuer l'angoisse qui les a envahis. Les dernières paroles de Mme Conforti les ont glacés. Et comment pourrait-il en être autrement, alors qu'ils ont découvert qu'à quelques mètres de la pièce où vient de s'éteindre Elsa, son amant, un homme dans la fleur de l'âge, avait perdu la vie dans un tragique accident, cinquante ans auparavant ? La série de morts survenues dans cet appartement commence à devenir franchement inquiétante. Comme sont inquiétants la faible respiration, les yeux voilés et la posture rigide de son ancienne propriétaire.

– Mme Conforti ? Mme Conforti ?! Tout va bien ? appelle Sergio, alarmé.

– Mais quelle heure est-il ? demande la femme, se ressaisissant.

– Sept heures et quart, répond Giulio après avoir consulté l'énorme cadran digital qu'il porte au poignet et avec lequel, plus que l'heure, il vérifie de façon obsessionnelle son rythme cardiaque – avoir épousé un médecin ne suffit pas à faire taire son hypocondrie.

– Ça alors, il se fait tard. Il faut vraiment que j'y aille.

Adele Conforti fait un geste pour se lever, mais elle semble partagée, comme si deux forces contraires s'affrontaient en elle : la volonté de fuir et le désir de rester.

– Restez au moins pour un café serré avant de vous remettre en route, insiste Giovanna.

Ce qu'elle veut vraiment, comme tous les autres, c'est que la femme achève son récit. Qu'elle raconte comment cela s'est terminé. Qu'elle explique ce qui l'a amenée à se séparer de manière aussi définitive de sa sœur et à ne pas lui pardonner, même après le tragique accident qui avait mis fin à tout.

– Oui, d'accord, je prendrai volontiers un café. Sans sucre, merci. Vous êtes très gentille, accepte Adele.

On devine qu'elle a ajouté ces derniers mots afin d'atténuer ce ton de commandement qui, avec l'âge, lui vient naturellement.

En fin de compte, elle n'a pas été difficile à convaincre. Tandis que Giovanna va dans la cuisine et remplit d'eau la cafetière italienne, qu'elle s'obstine à préférer à la machine à expresso, elle éprouve presque un sentiment de culpabilité. À cause de sa curiosité, cette femme, plus toute jeune et visiblement secouée par la perte de sa sœur, va se retrouver à conduire seule sur des routes mal éclairées.

– Tu veux que je t'aide ? lui demande Sergio.

Giovanna a tressailli. Elle ne l'avait pas entendu arriver.

– Mais oui, merci. Puisque tu es là, attrape la boîte rouge du café en haut de l'étagère, je n'y arrive pas.

– Bien sûr, gente dame.

Sergio tend son bras musclé pour saisir la boîte, et elle ne peut s'empêcher de penser à l'homme diabolique et fascinant qui, un demi-siècle plus tôt, habitait son appartement, distribuant amour et haine à parts égales, marquant à jamais le destin de deux sœurs. Lui aussi avait fait des allées et venues dans cette cuisine. Et puis, un matin, il y était entré pour ne pas en ressortir vivant. Elle frissonne. Une fois de plus, elle se répète qu'elle a de la chance. Elle, elle a Sergio, l'homme le plus aimable et correct du monde. Elle se demande ce qui lui est passé par la tête, tout à l'heure, quand elle a douté de sa fidélité.

Une fois de plus, Giovanna se répète combien elle est heureuse dans la vie. Et pourtant, cette vie ne vaudrait plus rien sans Sergio. Il est l'air même qu'elle respire, le sens de toute chose. Peut-être est-ce pour cela qu'elle a tellement peur de le perdre. Et qu'il lui arrive parfois, comme tout à l'heure, de douter de lui sans raison, et de se laisser influencer par les fantasmes nés de ses propres angoisses. Sans le vouloir, son regard va vers la fenêtre et, pour la première fois, elle se sent mal à l'aise chez elle. Comme si le passé voulait revenir. L'image confuse de Vittorio, qu'elle n'a jamais vu ni connu, se superpose à celle de son mari. Lui aussi était avocat, comme Sergio ! Cette coïncidence l'inquiète comme un mauvais présage. C'est une ombre noire qui semble l'avertir que son amour est en danger.

Ignorant tout de ces sombres pensées, Sergio sourit. À quoi pense-t-il ? Giovanna a envie de le serrer dans ses bras. Pour le protéger, ou peut-être pour le retenir. Elle s'avance déjà vers lui quand l'arrivée de quelqu'un, derrière son dos, l'interrompt. C'est Leonardo. Évidemment, c'est à lui que Sergio sourit. Giovanna se traite d'imbécile : elle avait cru lire sur le visage de son mari le plaisir de partager un moment seuls tous les deux, mais la réalité est toujours plus prosaïque. La réalité, c'est un ami qui fait une grimace idiote pour te faire rire. Et ce qu'il y a d'étrange, c'est que ce constat l'emplit d'une inexplicable tristesse.

– Qu'est-ce que vous fabriquez ? Oh là là, l'ambiance est mortelle, là-bas ! Ça m'a donné la chair de poule. Tiens, regarde, ça se voit encore !

Il s'adresse à Giovanna et Sergio, mais c'est à ce dernier seulement qu'il montre son bras couvert d'un léger duvet.

– Une poule ? Un poulet bien dodu à la limite ! plaisante Sergio en pinçant la petite brioche de son ami, quasi invisible.

Pour toute réponse, Leonardo ouvre le robinet et l'éclabousse, comme un gamin facétieux. C'est leur manière de réagir à la morosité qui s'est abattue sur ce dimanche étrange et absurde, qui semble ne jamais devoir finir. Qu'ils sont puérils ! se dit Giovanna en secouant la tête. C'est la première fois qu'elle réalise à quel point ils sont sur la même longueur d'onde. Et elle éprouve à nouveau cet élancement déconcertant. Leur entente lui donne l'impression d'être de trop.

– Alors, où vous en êtes ? Il est prêt, ce café ?

Elena est venue voir ce qui se passe.

– Il va bientôt faire nuit, j'espère que vous n'avez pas l'intention d'abandonner cette pauvre femme seule dans l'obscurité, après une journée comme celle-ci ?

– Tu crois qu'on devrait lui proposer de dormir ici ? demande Giovanna.

– Ça m'étonnerait qu'elle accepte, intervient Sergio.

L'allégresse a disparu. Plus personne n'a envie de plaisanter.

Sur ce, les autres aussi les rejoignent à la cuisine. Adele Conforti en dernier. Comme si quelque chose – ou quelqu'un – la guidait, elle se dirige sans hésitation aucune vers la chaise où sa sœur est morte, et s'y laisse presque tomber. Personne n'ose souffler mot. Puis tous reprennent leur place à table, là où tout a commencé.

– C'est presque impossible d'expliquer ce que ça fait, de voir mourir une personne juste sous ses yeux, murmure Adele en regardant distraitement sa tasse de café.

Autour d'elle, six paires d'oreilles et d'yeux ne ratent aucune de ses paroles, aucun de ses gestes.

L'espace d'un instant, Giulio est tenté de lui rappeler que si, eux savent bien ce que ça veut dire, puisque c'est précisément ce qui s'est produit dans cette pièce un peu plus tôt. Mais heureusement, il se retient.

– Évidemment, à ce moment-là je le haïssais, et pourtant, en même temps je ne pouvais cesser de l'aimer désespérément. Mais assister à sa mort… fut épouvantable, reprend la femme d'un ton hésitant, parlant surtout à elle-même. Et puis, qu'est-ce que ça signifie, haïr une personne de toutes ses forces ? Ça ne veut rien dire du tout. Tu sais bien que ta rancœur n'est qu'une forme différente de l'amour. Empoisonnée par l'humiliation, la suspicion et la jalousie, mais pas moins réelle pour autant. Tu n'attends qu'un signe pour te jeter à nouveau à ses pieds, dans l'espoir qu'il te serre à nouveau dans ses bras, te faisant oublier toute chose. Notre dispute de ce jour-là aurait aussi pu n'être qu'une pantomime, une mise en scène : et qui sait combien de fois encore nous aurions pu la jouer, avant de faire la paix ! Par la suite, j'ai tenté de m'en convaincre, et pourtant je savais bien qu'il n'aurait jamais pu en être ainsi. Quelque chose s'était brisé dans notre équilibre fou, mais aucun de nous trois n'a eu la possibilité d'en découvrir les conséquences directes. L'accident a redistribué les cartes.

« Pendant des années, ce moment s'est répété dans ma tête. Vittorio qui allume sa cigarette avec décontraction tout en nous provoquant avec ses mots aussi tranchants qu'un bistouri. Moi qui échange un regard avec ma sœur et puis me tourne vers lui, en suivant des yeux la subtile volute de fumée montant de ses lèvres vers le ciel limpide du matin. Moi aussi, j'aurais voulu m'envoler au loin et m'évanouir dans les airs : je craignais ce qu'il allait me dire. Car Vittorio savait très bien où frapper pour faire mal. Mais la fatalité était aux aguets. Le destin l'a fait reculer exactement à cet instant, à cette fraction de seconde. Le destin…

– Et vous n'avez pas cherché à l'arrêter ? demande Giovanna.

– Mais il ne savait pas que le balcon n'avait pas encore été réparé ? intervient Annamaria.

– Bien sûr qu'il le savait, répond sèchement Adele.

Cependant, le ton de sa voix apparaît étrangement peu convaincant. Pendant quelques secondes, les amis se taisent. Ils se fixent les uns les autres.

– Évidemment, qu'on a hurlé ! reprend Adele. On a hurlé toutes les deux, à pleins poumons. Mais Vittorio était si concentré à cracher son venin sur nous qu'il n'y a prêté aucune attention. Il a perdu l'équilibre et il est tombé. Voilà ce qui s'est passé. Et pourtant… Le monde entier a semblé basculer avec lui, mais ensuite il s'est remis en place, comme si un enchantement s'était rompu. Ce qui paraissait inconcevable encore quelques heures auparavant est devenu une réalité, beaucoup plus supportable et douce que je l'aurais imaginée. Car oui, Vittorio s'en était allé, mais en même temps, maintenant il ne me quitterait plus.

« À partir de ce jour-là, il a toujours été avec moi. Son absence est plus tangible que n'importe quelle présence. J'ai continué à vivre, je me suis remariée, j'ai eu un fils, mais au fond de moi, rien n'a changé. Bien sûr, avec les années, j'ai réussi à le cacher dans un coin de mon esprit, toutefois votre coup de téléphone d'aujourd'hui me l'a rendu plus vivant que jamais. Même là, au moment où je vous parle, Vittorio est à nouveau devant moi, une cigarette entre les doigts, ses boucles rebelles dans la lumière d'un matin d'été. Je pourrais presque le toucher.

« Ce jour-là, tout est allé très vite, et pourtant, moi, je le revois toujours au ralenti. Il agite un bras en l'air comme un danseur de flamenco, tourne sur lui-même et puis tombe en arrière, englouti par le vide, sans même pousser un cri. Ses dernières paroles vibrent encore dans l'air, mais Vittorio n'est plus là. Il ne reste plus que la subtile volute de fumée de sa cigarette. Nos hurlements de mise en garde sont arrivés trop tard. Ce fut un terrible accident.

« C'est moi qui me suis secouée la première. Rassemblant mon courage, je me suis penchée au-dessus du balcon, en me tenant au mur extérieur de l'immeuble. Sur la pointe des pieds, j'apercevais un coin de la cour et ses jambes par terre, pliées de manière anormale. Le reste de son corps était invisible. Je suis restée quelques secondes comme hypnotisée, m'attendant à ce que ses jambes se remettent à bouger. À ce que Vittorio se redresse et revienne parmi nous, qu'il époussette sa chemise et se remette à nous provoquer, comme si de rien n'était. Mais évidemment, rien de tel ne s'est produit.

« Ensuite, j'ai eu la présence d'esprit d'appeler mon père. C'est lui qui m'a indiqué quoi faire. Il a tout de suite compris que, bien qu'il s'agisse d'un accident, il fallait prendre quelques mesures de précaution pour éviter les soupçons désagréables et protéger le nom de la famille. Par exemple, il aurait été opportun qu'au moment de la tragédie il n'y ait eu personne d'autre dans l'appartement que la victime.

« Il m'a demandé si des voisins nous avaient vus ou entendus, et quand je lui ai répondu que ces jours-ci, ils étaient tous partis à l'exception d'une vieille locataire qui habitait au premier étage, il a eu l'air soulagé. Il nous a suggéré de quitter l'immeuble au plus vite et d'aller à l'église, dans un bar ou n'importe où, pourvu qu'il y ait du monde. À notre retour, nous "découvririons" le terrible accident. Ce n'est qu'à ce moment-là que nous donnerions l'alerte et appellerions la police. C'est ce que j'ai fait.

« Je craignais qu'Elsa ne fasse un esclandre et refuse. Mais pas du tout. Pendant que j'étais au téléphone avec papa, elle avait plongé dans un état catatonique. Je lui ai expliqué ce que notre père nous recommandait de faire. Nous nous sommes habillées à la hâte, puis je l'ai prise par la main et elle m'a suivie sans mot dire. Nous sommes allées dans une église, un pâté de maisons plus loin. La messe était commencée depuis longtemps. Nous nous sommes assises au fond et, à la fin de l'office, nous nous sommes mêlées à la foule des fidèles qui se pressaient vers la sortie. Sur le parvis, je suis tombée sur une connaissance. En une autre circonstance, je l'aurais plus ou moins ignorée, mais je me suis dit qu'il pourrait s'avérer utile de la saluer. C'était la propriétaire d'une droguerie du quartier, une femme vive et bavarde. J'ai échangé quelques politesses avec elle, tandis qu'Elsa restait totalement muette. Puis on s'est dit au revoir, et Elsa et moi nous sommes dirigées vers la maison. Pendant que nous marchions côte à côte, j'ai laissé échapper que nous avions eu de la chance d'avoir fait cette rencontre : en cas de besoin, cela confirmerait notre version des faits. Elsa a réagi avec colère. Elle m'a accusée de me comporter comme une coupable à la recherche de faux alibis. Elle était bouleversée, elle ne savait plus ce qu'elle disait. Évidemment, moi aussi je l'étais, mais j'ai toujours été plus douée qu'elle pour garder mon sang-froid.

« Une fois rentrées, j'ai appelé une ambulance et la police, comme mon père m'avait recommandé de le faire. Lui était déjà en route, il nous rejoindrait d'ici une heure. Tout s'est passé comme cela devait se passer. La police a ouvert une enquête, essentiellement pour établir les éventuelles responsabilités de l'entreprise qui effectuait les travaux sur le balcon. Quelques entrefilets sont aussi parus dans les journaux : après tout, Vittorio travaillait dans un important cabinet d'avocats. Le soir même, Elsa a fait ses valises et est rentrée à Viterbe avec papa. Avant de s'en aller, elle a essayé de me parler, elle voulait m'expliquer ce qui s'était passé entre Vittorio et elle, mais je n'avais pas le courage de l'affronter. Et puis, elle était hors d'elle : je craignais qu'elle prononce des paroles qu'elle regretterait plus tard. Nous avions subi un choc, et elle avait toujours été très impressionnable... J'ai pensé que nous avions toutes deux besoin de temps pour digérer la terrible expérience que nous avions partagée. Je ne me doutais pas alors que, peu après, elle s'en irait pour toujours, et que je ne la reverrais plus. Cependant, quand je l'ai découvert, même si j'en ai souffert, j'ai compris que c'était peut-être mieux ainsi.

« Le lendemain de la tragédie, mon père a essayé de me convaincre de rentrer moi aussi à Viterbe, toutefois j'ai résisté et suis restée à Rome. Je sais que c'est difficile à comprendre, mais à ce moment-là, demeurer dans cet appartement me paraissait indispensable. Pour continuer et recommencer à vivre, je devais rester dans ce logement où Vittorio et moi avions aussi été heureux. C'était le seul endroit où je pouvais toujours respirer l'air qu'il avait respiré, caresser ses chemises, m'envelopper dans ses draps, me coiffer avec sa brosse. Je l'avais encore tout à moi.

« Deux mois plus tard à peine, le tribunal a classé les faits comme accidentels. Elsa a disparu le jour même. Mon père m'a appelée pour savoir si elle était chez moi, mais je ne l'avais pas vue ni entendue depuis le soir de l'accident. Si notre amour pour Vittorio nous avait séparées, sa mort nous avait éloignées davantage encore. Je l'aimais de tout mon être, c'était ma sœur, et pourtant un mur infranchissable s'était dressé entre nous.

« Dans un premier temps, la nouvelle de sa fuite – puisque c'est ainsi que j'ai perçu son départ – m'a remplie d'amertume. Encore une fois, je me suis sentie bête et naïve. Pourtant, à quoi d'autre pouvais-je m'attendre de la part d'Elsa ? Après tout, elle m'avait poignardée dans le dos en cherchant à me voler mon mari. Si cela n'avait été à cause d'elle, Vittorio et moi ne nous serions pas disputés avec une telle violence. Et il ne serait pas tombé. J'ai compris à nouveau que ce malheur avait jeté sur nous une ombre dont nous ne pourrions plus nous libérer. C'était comme une obsession : maintenant que Vittorio était mort, nous serions à lui pour toujours.

« Le lendemain, j'ai contacté une entreprise pour qu'elle détruise le balcon et mure partiellement la fenêtre. Je ne l'ai pas fait à cause de Vittorio et de ce qui lui était arrivé, mais pour moi. Chaque fois que je regardais par ces vitres, j'éprouvais comme un vertige, qui m'attirait vers le vide.

« Voilà comment cela s'est passé. Je n'ai plus jamais eu de nouvelles de ma sœur. Maman est morte, puis notre père est parti à son tour, et elle n'a jamais donné signe de vie. Jamais. Aujourd'hui, je l'aurais revue pour la première fois depuis cinquante ans mais, à nouveau, un tragique événement nous a séparées.

– Pourquoi dites-vous qu'Elsa ne s'est jamais manifestée ? Pendant toutes ces années, elle vous a écrit de nombreuses lettres ! objecte Giovanna.

– C'est vrai ça, pourquoi ne les avez-vous jamais ouvertes ? Pourquoi les avez-vous renvoyées ? demande Elena, presque d'un ton de reproche.

– Quelles lettres ? demande Mme Conforti.

– Les lettres de votre sœur, d'Istanbul ! Celles-ci !

Sergio les lui indique : pendant tout ce temps, elles sont restées là, sur un coin de la table. Un petit tas d'enveloppes encore intactes, entourées d'un vieux ruban.

– Ah, celles-ci, commente Adele. Comme s'il suffisait d'écrire une lettre pour arranger les choses.

Sa voix est soudain devenue aussi dure qu'une pierre tombale. Où sont passées la douceur et l'humanité avec lesquelles elle a raconté l'histoire de son passé ?

Qui est vraiment cette femme ?

Istanbul, 9 juin 1979

Chère Adele,

Dimanche dernier, je suis allée au sünnet *du petit Mehmet, le cadet de Madlen. C'est la cérémonie de la circoncision, un rite qui a une profonde signification religieuse. Les musulmans le pratiquent depuis les temps les plus anciens, et il marque l'entrée officielle de l'enfant dans la communauté. Can, le mari de Madlen, est un homme très pieux, et il n'a pas lésiné sur les dépenses pour célébrer cet événement. C'était une très belle fête, égayée par la musique et les bons plats. Nous avons mangé et dansé jusque tard dans la nuit. À la fin, les enfants étaient épuisés, et nous les adultes aussi.*

Madlen et Can sont devenus de très bons amis. Avec leurs deux enfants – en plus de Mehmet, six ans, ils ont une petite fille, Füsun, qui vient d'en avoir neuf –, ils sont désormais pour moi une deuxième famille. Je pourrai toujours compter sur eux, même lorsque je serai une vieille femme excentrique. Parce que c'est ainsi que je me vois, dans trente ou quarante ans : une aventurière indomptable qui, avec ses vêtements colorés et ses répliques déplacées en guise d'armes tranchantes, affronte sourire aux lèvres le Grand Ennemi, autrement dit le temps qui passe inexorablement.

Je t'avoue que j'aimerais beaucoup que Malden et Can, plus tard, viennent habiter chez moi. La maison est grande, il y a beaucoup de place, et deux pièces me suffiraient. Ainsi j'aurais de la compagnie, et eux économiseraient un loyer. Mais pas pour le moment, j'aime trop mon indépendance, et parfois même ma solitude. Je n'ai aucune envie de me sentir en devoir de justifier les éventuels va-et-vient d'amis et d'amants. En revanche, dans quelques années...

Can est comptable dans une entreprise d'import-export et Madlen pourrait continuer son activité de couturière à domicile. Au rez-de-chaussée, il y a une pièce que je n'ai jamais utilisée : elle serait idéale pour y installer son atelier. Tôt au tard, je lui ferai part de mon petit projet. Je suis certaine qu'elle acceptera avec enthousiasme. Bien qu'elle soit beaucoup plus jeune que moi, elle nourrit à l'évidence un sentiment protecteur à mon égard. Elle m'aime, et je l'aime aussi. C'est une femme forte, qui a du caractère. Une personne rare.

La cérémonie du sünnet *a eu lieu dans la maison d'un cousin, plus spacieuse et confortable que le petit appartement qu'ils occupent actuellement. Au début, un mélange de profonde excitation et de nervosité circulait parmi les invités : il s'agit quand même toujours d'une opération sanglante sur un enfant, auquel on tranche le prépuce d'un coup net. À nous autres Occidentaux, cela peut paraître une pratique violente mais, il y a longtemps, un ami m'a expliqué qu'elle a aussi une fonction hygiénique et sanitaire. Et puis, naturellement, c'est un rite d'initiation qui convoque les lames brillantes, le sang et la douleur. Un sacrifice. Comme celui, bien plus grand, que l'on célèbre pendant plus d'une semaine lors du* Kurban Bayramı *(la fête du Sacrifice, justement), la plus grande fête religieuse islamique. À cette occasion, on tue des animaux, des chèvres ou des moutons surtout, pour commémorer un événement mentionné dans le Coran, quand Dieu a demandé à Abraham d'immoler son fils Ismaël pour Lui. Le père avait déjà sorti son couteau et s'apprêtait à égorger cet enfant qu'il aimait plus que tout au monde, quand Dieu lui a envoyé un mouton à tuer à la place du garçon. C'est la fête du péril évité, mais aussi de la soumission. Que sommes-nous disposés à sacrifier pour ne pas renoncer à la considération que nous avons pour nous-mêmes ? À notre amour propre ? Jusqu'où pouvons-nous aller ? Ce sont des questions que je me pose parfois. Pas toi ?*

Quand le petit Mehmet, vêtu comme un prince, avec un long manteau finement décoré, s'est mis à hurler sauvagement, il a aussitôt été consolé par les invités et porté en triomphe dans la salle par ses oncles. La tension, qui jusqu'alors incitait tout le monde à retenir son souffle, s'est dissoute : l'opération s'était bien passée, les festivités pouvaient commencer.

Son cri de douleur m'a rappelé un autre dimanche, il y a de nombreuses années de cela. Ce jour-là aussi, il y a eu un sacrifice. Mais personne n'a hurlé. Nous sommes demeurées silencieuses, toi et moi.

Je repense souvent à ce matin-là. J'aurais une infinité de choses à te dire, mais au fond elles se réduisent toutes à une seule, la plus importante : nous savions, et nous n'avons rien fait pour l'arrêter.

Nous savions que si Vittorio reculait, ne serait-ce que d'un pas, il tomberait.

Nous voyions l'abîme derrière lui, mais nous nous sommes tues.

Nous nous sommes regardées un très long instant et nous avons décidé. C'était sa mort ou la nôtre, aussi avons-nous choisi de nous sauver.

C'est ce que je te dirais de vive voix.

Nous avons vu une occasion et nous l'avons saisie. L'occasion de survivre.

Tu l'as pressé avec tes accusations afin qu'il recule encore. Et aucun avertissement n'est sorti de nos bouches.

Certes, aujourd'hui, tu peux aussi raconter ta version des faits, dans laquelle nos cris d'avertissement résonnent inutilement sur le balcon, mais au fond de toi, tu connais la vérité. Moi, j'ai choisi la voie la plus facile : là où je vis, personne ne sait, personne ne pose de questions.

Voilà comment cela s'est passé. Nous savions et nous avons laissé faire.

En fin de compte, l'amour a prévalu : l'amour qui nous a toujours liées. Il m'a fallu beaucoup de temps pour le comprendre, mais ensuite, tout a été plus clair. Es-tu arrivée toi aussi à cette conclusion ?

Au cours de ces années, tu n'as jamais voulu me contacter, pas même pour m'avertir que maman d'abord, papa ensuite, étaient morts, et pour m'informer de leur enterrement. Je ne sais pas si j'aurais eu le cœur de venir, mais tu ne m'as pas laissé la possibilité de décider. J'ai dû l'apprendre par d'autres, longtemps après les faits.

Peu importe : la vie passe comme un souffle. Elle laisse en nous la nostalgie de ce que nous aurions pu faire et la conscience de ce que nous sommes devenues.

Nous ne cesserons jamais d'être sœurs, dans une telle symbiose que nous avons aimé le même homme et l'avons tué. L'homme qui nous avait éloignées et qui n'aurait pas tardé à nous mener à la folie. Qui nous avait offensées. Trompées. Blessées. Et même contaminées par sa méchanceté.

Nous avons défié le destin, unies dans l'amour, le péché et le châtiment.

Je ne sais pas ce que tu t'es raconté d'autre pendant toutes ces années. J'ignore si, quand tu passes devant un miroir, tu baisses les yeux, ou bien si tu te regardes courageusement en face, en reconnaissant tes responsabilités.

Les questions légales, notre père les a réglées en faisant appel à ses amitiés. Il n'a eu aucun mal à arranger l'affaire de manière à ne pas impliquer la famille. Après tout, il s'agissait d'un malheureux accident, non ? Il n'y avait personne à la maison à part la victime… Je dois dire que c'était vraiment astucieux de nous suggérer de sortir immédiatement de l'appartement et de faire mine de rentrer une fois la tragédie advenue. Comme si personne ne s'était jamais disputé.

Ce mensonge m'a retourné l'estomac. Il m'a paru d'une hypocrisie inutile. Mais pas à toi. Non, toi tu t'es coulée dans cette fiction comme une actrice expérimentée, comme une primadonna s'exhibant dans son rôle de prédilection. Et tu as dû finir par te convaincre que c'était vraiment ce qui s'était passé.

Sur le coup, je t'ai haïe pour cela, parce que je n'arrivais pas à retrouver la paix après ce que nous en étions arrivées à faire. À ne pas *faire. Et pourtant – tu le sais – je n'ai jamais cessé de t'aimer, pas un instant.*

Vittorio a été notre maladie, une pathologie grave qui nous a détruites de l'intérieur. Qui nous a poussées à devenir ce que nous n'aurions jamais voulu être : deux âmes perdues.

Nous devions décider si nous voulions continuer à souffrir avec lui ou bien recommencer à vivre, toutes les deux.

Rien d'autre.

Mais nous n'avons pas guéri. Nous avons continué à nous consumer, chacune prisonnière de ses fautes.

Brûlées par la même passion, nous nous sommes quittées comme deux amants.

Je ne sais vraiment pas ce que je pourrais ajouter à ces mots, sauf que je crois que je ne t'écrirai jamais plus. Je trouverai une autre façon de discuter avec mes fantômes, tout en jouissant de la vie parmi les vivants.

Adieu,

Ta sœur, mais aussi ta complice, ta compagne

Giovanna ouvre grand la fenêtre. L'air du soir, parfumé par les pittosporums, envahit la pièce, ramenant les lieux à la réalité. La jeune femme a besoin de chasser son trouble. Et elle n'est pas la seule. Les six amis sont profondément perturbés par les paroles d'Adele, par son récit de la tragédie qui s'est déroulée dans cet appartement.

Adele Conforti se lève.

– Le moment est venu de partir, annonce-t-elle d'un ton qui, cette fois, n'admet pas de réplique.

Puis elle se tourne vers Sergio, qu'elle apostrophe un peu rudement :

– Vous n'oubliez pas quelque chose, jeune homme ?

Il la regarde, confus.

– Mes lettres.

– Mais bien sûr, excusez-moi…

Tout au fond de lui, il avait espéré un instant qu'elle les avait oubliées. Après tout, elle les avait ignorées pendant des années. Elle les avait même renvoyées à l'expéditeur ! Mais maintenant Elsa est morte et, à l'évidence, les choses ont changé. À présent, Adele les veut, et il ne reste plus à Sergio, malgré sa réticence, qu'à les lui rendre.

La femme esquisse un léger sourire : elle semble lire dans ses pensées. Elle garde quelques instants les enveloppes en main, comme pour les soupeser, avant de les glisser dans son sac.

– Tout à l'heure, vous m'avez demandé pourquoi j'ai toujours renvoyé les lettres d'Elsa, sans même les ouvrir.

Sa voix est à peine voilée de mélancolie.

– La réponse est très simple : parce que j'étais furieuse contre elle. Elle était partie au moment où j'aurais eu le plus besoin de son appui, elle m'a laissée me débrouiller seule. Elle avait choisi la voie la plus facile, celle de la fuite, alors que moi, ici à Rome, je me consumais dans le deuil, harcelée par la feinte compassion des autres et par leur curiosité morbide, insatiable : comment cela avait-il pu se produire ? Comment Vittorio avait-il pu oublier l'absence du garde-corps ? Et elle, pourquoi était-elle partie ? Amis, parents, connaissances : tous semblaient en quête de détails scabreux dont ils pourraient parler derrière mon dos, comme s'ils ne me pardonnaient pas d'être toujours vivante. J'ai mis beaucoup de temps à me construire une cuirasse assez résistante pour me protéger, et pour me permettre de me refaire une existence. Et chaque fois que je me sentais un peu plus forte, une lettre d'Elsa arrivait, venant me rappeler qu'elle m'avait abandonnée. C'était comme recevoir une gifle en plein visage. Pendant qu'elle profitait de la vie à des kilomètres de là, en toute sécurité, qu'elle soit fourrée à Istanbul ou ailleurs, moi je subissais toutes les conséquences de sa trahison. Comment pouvais-je lui pardonner ? C'était quelqu'un qui ne causait que des ennuis. Et ses lettres en auraient amené d'autres. Mieux valait ne pas les ouvrir. Mieux valait garder ses distances. Et vous savez quoi ? Je n'ai pas changé d'avis. Si aujourd'hui, je ne les estime plus dangereuses, c'est simplement parce que la vie elle-même a cessé de l'être.

Adele se tient debout au milieu de la pièce, prête à partir.

– Attendez, j'allais oublier ! Il y a aussi celle-ci, s'excuse Giovanna en lui tendant la dernière lettre, à l'adresse erronée, qu'elle a sortie d'un tiroir. Je crois qu'elle est de votre sœur. Elle est arrivée il y a quelques jours, et je n'avais pas encore eu le temps de vous prévenir…

La femme la prend et la met en sûreté dans son sac avec les autres, sans ajouter un mot. Pensive, elle dévisage encore, l'un après l'autre, Sergio et Giovanna, Annamaria et Leonardo, Elena et Giulio. Leurs regards laissent percer la déception. Ils ne connaîtront donc pas le contenu de ces lettres. Ce qu'avait écrit Elsa d'Istanbul. Ils n'auront jamais sa version de l'histoire. De cet amour tragique.

– Beaucoup de personnes aiment en cachette, complotent, trahissent. Ma sœur et moi, non. Plus maintenant, observe Adele avec son petit sourire, comme si elle se parlait à elle-même.

Sa voix est redevenue grave, presque sévère.

– Nous avons toujours été sincères. L'une envers l'autre. Nous n'avons pas de secrets, nous, ajoute-t-elle.

Et tout en parlant, elle sort de son sac un étrange objet doré, une fine tige dont l'une des extrémités est munie d'une petite pince, dans laquelle elle insère une cigarette. L'autre bout se termine par un anneau, qu'elle enfile comme un bijou.

Elle allume sa cigarette, tourne les talons et s'en va.

Remerciements

La première ébauche de l'histoire d'Elsa et Adele remonte à de nombreuses années. Longtemps avant *Rosso Istanbul.* Puis j'avais oublié ce projet dans un tiroir et ce n'est que par hasard, il y a deux ans, en discutant avec Nicoletta Lazzari, mon éditrice, que je m'en suis souvenu. C'est Nicoletta qui, avec une détermination patiente, m'a incité à le reprendre et à le développer. S'il voit le jour maintenant dans une version différente, c'est donc à elle que je le dois. Alors, merci.

Merci à Adelaide Barigozzi, encore une fois près de moi tout au long de l'écriture, prodigue en conseils et suggestions.

Merci à Moira Mazzantini et Gianni Romoli, toujours à mes côtés.

Merci à Mina, fond musical de mes journées et chère amie : ses conseils me sont précieux.

Et à Sezen Aksu, dont la voix inimitable marque mes films depuis plus de vingt ans.

Et pour finir, merci à Simone, que je ne remercie jamais assez, et à qui ce livre aussi doit beaucoup.

Mise en pages PCA
44400 Rezé

Imprimé en France par CPI
Dépôt légal : février 2022
N° d'impression : 167390
ISBN : 978-2-7499-4706-8
LAF : 3093